徳間文庫

寝台特急に殺意をのせて

西村京太郎

目次

ゆうづる5号殺人事件

第一章　乗客の忘れ物

1

「ひかり98号」は、定刻どおり、午後一一時四六分に、東京駅の19番線ホームに着いた。

岡山発東京行きの最後のひかりである。

車掌長の安田《やすだ》は、乗客が降り切ったのを見てから、小さく伸びをした。

あと三カ月で、五十歳になる。

最近、やたらに疲れるのは、やはり年齢《とし》のせいだろうか。

そんなことを考えながら、何気《なにげ》なく、11号車の洗面台をのぞいて、「あれ？」と、小さな声を出した。

二つ並んだ洗面台の片方に、皮の財布と、名刺入れ、それに、男物の腕時計が、置いたままになっていたからである。

財布は、かなりの札が入っているらしく、厚くふくらんでいる。腕時計は、カルティエの新品で、二、三十万円はするものだった。

明らかに、乗客の忘れ物だ。

東京駅が近づいてきて、あわてて、顔でも洗って、そのまま忘れて降りてしまったのだろう。

時々、こんなことがある。財布まで一緒に忘れるというのは、念が入っているが、手や顔を洗う時に、腕時計を外《はず》す人がいて、そのまま、忘れてしまうのである。

安田は、専務車掌の鈴木《すずき》を呼んで、財布や、名刺入れの中身を確かめた。

財布の中には、一万円札十八枚と、千円札六枚の合計、十八万六千円が入っていた。

名刺入れの中は、同じ名前の名刺が八枚と、M銀行のクイック・カードである。

〈太陽商会営業第一課長　田島久一郎《たじまひさいちろう》〉

それが、名刺に書かれてあった名前だった。

安田は、それらを紙袋に入れ、鈴木と一緒に、東京駅の遺失物係に持って行った。

安田はそれきり、忘れ物のことは、頭になくなって、四谷の自宅に帰った。

妻の文子のわかしておいてくれた風呂に入り、子供の寝顔を見てから、床についた。

明日は、休みである。

翌朝、眼をさましたのは、昼近くである。

安田は、いつも、休日には、昼頃まで寝ることにしていた。

ゆっくり起きて、風呂に入って、朝食とも昼食ともつかない食事をとる。それが、最近の習慣になっていた。

高校生に中学生の二人の子供は、すでに、学校へ行ってしまっている。

安田は、食事をしながら、テレビのスイッチを入れた。

昼のニュースが始まった。見るともなく見ているうちに、安田は、「あれ？」という眼になった。

〈田島久一郎〉

という名前が、突然、画面に出たからである。

顔写真が出て、その下に、田島久一郎（三五）とある。

昨夜、「ひかり98号」の洗面台に忘れてあった名刺入れの中の名刺と、同じ名前だった。

安田は、あわてて、耳をすませた。それまで、右から左に通り抜けていたアナウンサーの声が、急に、はっきりと、意味を持った言葉として、聞こえてきた。

〈――田島さんの死体は、今朝早く、渋谷区笹塚《ささづか》の自宅附近の工事現場で発見されたもので、後頭部を殴打されており、それが直接の死因とみられています。警察では、殺人事件とみて、捜査を始めました〉

（同じ人だろうか？）

田島久一郎というのは、そう特殊な姓名ではないが、といって、どこにでもあるほど、ありふれてもいない。

妻の文子に、朝刊を持って来させたが、事件は、まだ載《の》っていなかった。

何となく、落ち着かない気分で、安田は、夕刊を待った。

午後四時を少し過ぎて、夕刊が来た。休みの日は、物ぐさを決め込むことにしている安田が、珍しく、自分で夕刊を階下《した》の郵便受けまで取りに行き、帰りのエレベーターの中で、広げてみた。事件のことは、テレビで聞いたのよりも、くわしく出ていた。

〈今日の午前八時二十分頃、渋谷区笹塚×丁目のマンション工事現場へ、作業員の前島規男さん（四〇）が来たところ、中年の男の死体を見つけて、警察に届け出た。警察で調べたところ、この男の人は、近くの「ヴィラ笹塚五〇六号」に住む、太陽商会営業第一課長　田島久一郎さん（三五）とわかった。田島さんは――〉

2

捜査一課の十津川《とつがわ》警部は、電話を受けると、すぐ、部下の亀井《かめい》刑事を連れて、東京駅に急行した。

電話をくれた安田車掌長は、先に来て、二人を待っていてくれた。

遺失物係で、田島久一郎の忘れ物三点を見せて貰《もら》った。

「何か、捜査のお役に立ちますか？」

と、傍《かたわ》らから、安田がきいた。

十津川は、ニッコリして、

「もちろん、大いに役に立ちますよ」

「そうなら、電話した甲斐《かい》があったというものですが」

「岡山発のひかりでしたね？」

「そうです。岡山発一九時二三分で、東京着は二三時四六分です」

「グリーン車の洗面台にあったんですね？」

「そうです」

「車内は、すいていましたか？」

「今もいったように、最終の『ひかり』なので、かなり混《こ》んでいましたね。乗車率は、七〇パーセントくらいじゃなかったかと思います」

「グリーン車に、この人が乗っていたのを覚えていますか？」

十津川は、田島久一郎の顔写真を見せた。

安田は、しばらく見ていたが、

「さあ、覚えていませんね。多分、11号車か12号車に、いらっしゃったと思いますが」

と、申しわけなさそうにいった。

十津川は、三点の忘れ物を借り受けて、捜査本部の設けられている渋谷警察署に戻った。

最初、発見された死体のポケットには、五百円札や、百円玉という、ばら銭が入っていたが、財布がなかったし、腕時計も見当たらないので、物盗《ものと》りの犯行ではないかという考えが出た。しかし、これで、見方が変わってくる。

もう一つ、死体の近くに、スーツケースが転がっていたが、その中には、下着や、洗面具と一緒に、岡山名物の吉備《きび》だんごの折りが入っていた。被害者が、昨夜、岡山から帰京したのなら、納得できる。

被害者田島久一郎の勤務先である太陽商会へ出かけていた西本《にしもと》刑事が、帰って来た。

「田島の評判は、あまりよくありませんね」

と、西本は、報告した。

「しかし、太陽商会といえば、商社としては中堅だよ。その会社で、三十五歳で課長なら、やり手で、エリート社員といえるんじゃないのかね?」

十津川が、首をかしげた。

「そうなんですが、どうも、私生活の面で、問題があったようです」

「女性問題か?」

「そうです。六年前に結婚した奥さんが、去年、自殺したのも、田島の浮気が原因らしいのです」

「すると、被害者は、独り者だったわけか」

十津川は、田島のマンションを調べた時のことを思い出した。

３ＬＤＫの広い部屋だった。それに、寝室のベッドの上に、華やかな女のネグリジェなどが、のっていた。

男やもめの部屋という感じではなかった。独りになったのをいい機会に、女を部屋に引き入れて楽しんでいたということなのだろうか？

「エリート社員で、独身ですから、よくもてたようです」

と、西本がつけ加えた。

「しかし、奥さんが、彼の女ぐせの悪さから自殺したということは、商社員としては、マイナスだったんじゃないのかね？」

「普通ならそうなんですが、田島は、太陽商会社長の遠縁に当たるんです。あの会社は、同族会社みたいなものですから、田島は、職場でも、傲慢《ごうまん》だったようです」

「それで、評判が悪かったというわけかね？」

「部下の評判は、あまりよくありません」

「それで、岡山へは、出張だったのかね？」

「そうですが、仕事をしたのは、一日だけのようです」

「七月七日の火曜日から、九日の木曜日までの三日間、岡山にある中国営業所へ出張ということになっていますが、中国営業所へ照会して貰ったところ、田島が、やって来たのは、最初の七月七日だけだったそうです。ですから、あとの二日は、プライベイトに過ごしたんじゃないでしょうか？」

「そして、九日の夜、東京に帰って来て、殺されたか」

「というと」

3

動機は、二つ考えられた。

一つは、物盗りの犯行である。

あまり服装に関心のない十津川が見ても、田島は、高価な服を着ている。それに、スーツケースを下げていたのだから、旅行帰りに見える。

犯人は、金があるだろうと思って、背後から、いきなり殴りつけ、倒れたところを、マンションの工事現場へ引きずって行った。そのあと、ふところを調べたが、財布もないし、腕時計もつけていない。

ぞ、犯　かりしただろう。スーツケースも調べてみたが、こちらにも、金目の　は入っていなかった。それで、スーツケースも放り出して、逃げた。犯人は、強く殴り過ぎて、田島が死んだことは、知らなかったかもしれない。

もう一つは、顔見知りの犯行という見方である。この場合の動機は、まず、怨恨《えんこん》。犯人は、田島が、九日の夜、岡山から帰って来るのを知っていて、待ち伏せしていた。

現場近くの地理から考えて、タクシーで帰って来ても、最寄《もよ》りの京王線《けいおうせん》笹塚駅で降りても、現場近くの路地を通らないと、自宅マンションに行けないのである。だから、現場の暗がりに待ち受けていれば、田島をつかまえることが出来る。

凶器は、多分、スパナか、ハンマーといったものだろう。

犯人は、待ち受けていて、いきなり、背後から殴りつけたか、あるいは、何かいい合いがあって、田島が背中を見せた瞬間、殴りつけたか、いずれにしろ、恨みを込めた一撃であったことは間違いない。

十津川は、七人の刑事を二つに分けた。

四人を、流しの物盗り説に当て、あとの三人に、怨恨説を洗うように命じた。前者に刑事を一人増やしたのは、容疑者の範囲が広くなるからである。

十一日になると、死体の解剖結果が出た。

それによると、死亡推定時刻は、九日の午後十一時から翌十日の午前一時までの二時間の間。

もう一つわかったのは、死因は、後頭部強打による陥没《かんぼつ》で、少なくとも三回は殴打されているということだった。

十津川は、この三回という回数に注目した。

流しの物盗りだったら、一回殴って気絶させれば、いいはずである。気絶しなくても、相手の抵抗力が無くなってしまえば、それでいいのだ。相手を殺すのが目的ではなく、金を盗るのが目的だからである。

それを、三回も殴りつけているというのは、明らかに、殺そうという気があったからではないのか。

十津川は、これで、怨恨の線が強くなったなと思った。

「田島が、九日の午後一一時四六分東京着の『ひかり』で帰京したあとですが――」

と、亀井は、考えながらいった。

「笹までは、タクシーで帰ったんじゃないでしょうか？」

「田島はぜいたくな男らしいから、東京から、中央線で新宿に出、京王線に乗りかえて笹塚へというような面倒くさい帰り方はしないで、タクシーで、まっすぐに帰ったと思うね」

「深夜ですから、道路は、すいていたと思います。三十分あれば、笹塚まで来られたと思いますね」

「それに、『ひかり』を降りて、タクシー乗場まで行く時間、タクシー待ちの時間をプラスすると、四十分から五十分は、かかるね」

「すると、田島が殺されたのは、十日の午前零時三十分頃ということになりますね」

「そうだな。次は動機だが、西本君の話では、女性関係にルーズな男らしい。そのために、奥さんが去年自殺している」

「女性問題からきた怨恨ということになりますか」

「まず、その線で調べてくれないか。それに、岡山での田島の行動だ。三日の予定で出張しながら、仕事は一日で切り上げ、あとの二日は、遊んだらしい。もし、どこかの女と一緒で、その女と帰京したのだとすると、彼女が犯人という可能性もある」

「東京駅から一緒にタクシーに乗って、笹塚まで行き、車を降りてから殺したということですね？」

「可能性はあるね。まず、その線で調べてみようじゃないか」

と、十津川は、いった。

4

岡山の捜査は、県警に頼み、十津川たちは、被害者の身辺を調べることにした。

田島久一郎の妻、亜木子《あきこ》は、去年の暮れに首を吊って自殺した。

遺書はなかったが、かねがね、夫の女ぐせの悪さをなげいていたから、周囲の人間は、夫の女性関係が、原因と見ていた。

「二人は、職場結婚です」

と、亀井がメモを見ながら、十津川に報告した。

「六年前、田島が二十九歳、亜木子が二十四歳で結婚しています。田島は、その時、係長で、亜木子のほうは、入社して一年目です。なかなかの美人ですが、どちらかといえば、物静かで、内向的で、派手好きな田島とは、合わなかったようです。田島は、結婚五年目で、亜木子に、厭《あ》きが来ていたらしく、それらしい言葉を、友人に吐いています」

「特定の浮気の相手がいたのかね？」

「何人もの女とつき合っていたようですが、特に名前があがっているのは、小寺万里子《こでらまりこ》という女性です」

亀井は、一枚の写真を、十津川に見せた。

殺された田島と、二十七、八歳の女が肩を寄せ合うようにして写っていた。

「なかなかの美人じゃないか」

「それが、小寺万里子です。銀座の『にれ』というクラブでホステスをしていますが、時たま、テレビに出たりもしていたようです」

「田島との関係は、いつからなんだね？」

「よくはわかりませんが、去年の三月頃ということです。自殺した亜木子は、大学時代の友人で、三村君江《みむらきみえ》という女に、時々、悩みを打ち明けていたようですから、彼女に聞けば、くわしいことがわかると思います」

「よし。その女性に会いに行こう」

十津川は、気軽く立ち上がった。

三村君江は、三十歳で、まだ独身、新宿にある法律事務所で働いていた。

背の高い、理知的な顔立ちの女で、話している時、ふっと、皮肉な眼つきをすることがあった。

「田島さんが殺されたと知って、喜んでいますわ」

と、君江は、いった。

「それは、去年、亜木子さんが自殺したことがあるからですか？」

十津川がきくと、君江は、肯《うなず》いて、

「彼女は、田島さんに殺されたようなものですものね」

「なぜ、亜木子さんは、離婚せずに、自殺してしまったんでしょうか？」

「私は、離婚して、慰謝料をふんだくってやれってすすめてたんですよ。うちの事務所に委《まか》せてくれれば、一億円ぐらいは取ってあげるって、いったんですけどね。彼女は優しすぎて、逆に、自分が傷ついてしまったんです」

「小寺万里子という女性を知っていますか？」

「ええ」

と、君江は、一瞬、口元をゆがめてから、

「亜木子が自殺した直接の原因は、あの女だったと思いますね」

「なぜです？　田島さんには、他にも、何人かの女がいたようですが」

「あの女と親しくなってから、亜木子に嫌がらせの電話がかかるようになったんです。亜木子が出ると、黙って切ったり、殺してやると脅《おど》したり。亜木子は、それで、ノイローゼ気味になっていたんです」

「その犯人が、小寺万里子だということは確かなんですか？」

「亜木子は、あの女に会ったことがあるんです。あの女が待ち伏せてしていたといったほうが正確かもしれませんね。その時に面と向かって、私が田島さんと一緒になるんだから、あんたは引っ込みなさいといわれたんです。嫌がらせの電話が始まったのは、そのあとだといいますもの。あの女に決まっています」

「しかし、亜木子さんが亡くなったあと、小寺万里子と田島さんは、再婚しませんでしたね？」

「ええ。でも、あの女は、三千万もするマンションを、田島さんに買って貰ったとか、いつも一緒にいるとか、いろいろと、聞いていますけど」

「それでは、今度、田島さんと一緒に岡山に行ったのは、小寺万里子という女性でしょうかね？」

「知りませんわ。当人に直接会っておききになったらいかがですの？」

「そうしてみましょう」

と、十津川は、逆らわずにいった。

5

夜になってから、十津川は、時間を見はからって、銀座のクラブ「にれ」に、行ってみた。

店の名前だけは、何かの週刊誌で見たことがあった。芸能人なんかが、よく行く店らしい。

しかし、実際に行ってみると、十津川が想像していたような、きらびやかさはなく、意外に小さな店であった。

九時近くになって行ったのだが、最近の不景気のせいか、四、五人の客がいるだけだった。

十津川が入って行くと、カウンターに腰を下ろしていた和服姿のホステスが、ひょっと身軽に椅子《いす》からおりて来て、

「社長さん。いらっしゃい」

「社長に見えるかね？」

十津川は、笑いながらいった。

小太りのホステスは、彼の手をとって、奥のテーブルに座らせた。

「じゃあ、部長さん？」

「ここに、小寺万里子という人がいるはずなんだがね」

「小寺さん？」

「太陽商会の田島という若い課長さんが、よく来ていたと思うんだが」

「ああ、田島ちゃん」

と、ホステスは、肯いてから、

「よく来てたけど、あの人、殺されたんですってね？」

「ああ。田島さんの馴染《なじ》みだったホステスに会いたいんだよ。いたら、呼んでくれないか」

「あたしじゃ駄目なの？」

「ちょっと、話を聞きたいことがあってね」

「マリちゃん」

と、ホステスは、向こうのテーブルにいる客とホステスたちに向かって、声をあげた。
二十七、八の、ちょっとハーフを思わせる派手な顔立ちの女が、ひょいと、こちらを見てから、立ち上がって、こちらにやって来た。

写真で見たよりも、若々しく見えた。

「マリちゃん。このお客さん、あなたじゃなくちゃ嫌なんですって」

「マリコです」

と、ぴょこんとお辞儀をしてから、女は、十津川の横に腰を下ろした。

その顔に、田島が死んだことへの悲しみは読み取れなかった。

「田島久一郎さんのことで、話を聞きたくてね」

と、十津川がいうと、小寺万里子は大げさに溜息《ためいき》をついて、

「あの人、死んじゃったのよ。新聞で知った時は、本当にびっくりしたわ」

「結婚するつもりだったの？」

「そうね。してもいいとは思っていたわ。いい男だし、出世の見込みはあるし、奥さんと別れて、独身だったんだから、条件はいいものね」

「奥さんは、自殺したんだ」

「あなた、警察の人？」

「まあ、そうだ。君に署まで来て貰っても良かったんだが、こうして聞いたほうが、本音を聞けるんじゃないかと思ってね」

「ふーん」

と、万里子は鼻を鳴らしてから、

「あたしは、田島さんの死んだこととは関係ないわよ」

「田島さん、岡山から帰京した直後に殺されたんだが、岡山では、君と一緒だったんじゃないのかね？」

「あたし、岡山なんか行ったことがないわ」

「じゃあ、七日から九日までは、どこにいたのかな？」

「ちゃんと、東京にいたわ。お店にだって出てたし、嘘《うそ》だと思うんなら、ママさんに聞いてみて」

「なぜ、田島さんと結婚しなかったんだね？　君も、いい条件だと思っていたんだろう」

「そうねえ。あたしが三十過ぎだったら、無理矢理にでも結婚してたと思うわ。ホステスなんかより、ずっと安定した、いい暮らしが出来るもの。でも、あたしはまだ三十前だし、田島さんも、しばらくの間、独身生活を楽しみたいといってたしね」

「しかし、貰うものは貰ったんじゃないの？」

「それはねえ」

った。

「田島さんが、独りになれたんだって、あたしのおかげみたいなものだしね」

と、万里子は、ニヤッと笑って、
自分が田島の妻を自殺に追いやったことへの自責の念など、いささかもない表情だった。

「いたずら電話をかけたのは、君かね？」

「いたずら電話って？」

「田島さんの奥さんに、嫌がらせの電話がたびたび、かかって来て、そのために、ノイローゼになっていたといわれているんだよ。その電話の主は、君じゃないかと思ってね」

「あたしだっていったら、罪になるのかしら？」

「そうだねえ。被害者は、すでに自殺してしまっているし、電話が直接、自殺の原因だという証拠もないしね」

「本当のことを教えてあげましょうか？」

と、万里子は、急に声をひそめて、十津川を見た。

「ああ、教えて貰いたいね」

「あの電話は、田島さんがやったのよ。あたしも、たまには、手伝ったけど」

「あの奥さんが悪いのよ。田島さんが別れたいっていってるんだから、さっさと別れてあげればいいのに、ぐずぐずしてるからいけないのよ」

「田島さんが？」

「そんなものかね」

　十津川が、ぶぜんとした顔でいうと、万里子は、「そんなものよ」と、肯いてから、

「他に用がなければ、向こうに行きたいんだけど」

と、いい、十津川が黙っていると、さっさと、他のテーブルに行ってしまった。

　代わって、さっきのホステスが、十津川の横に腰を下ろして、

「マリコを口説いても無駄よ。あたしにしなさい」

「彼女は、やはり、亡くなった田島さんのことが忘れられないのかね？」

「馬鹿馬鹿しい。新しい彼が出来たのよ」

　と、ホステスは笑って、

「若くて、大変なお金持ちなんですって」

「君は、その人に会ったことがあるの？」

「それが、彼女、よっぽど素敵な人だとみえて、ぜんぜん、紹介してくれないのよ。あたしたちに、とられるとでも思ってるのかしらね」

「名前はわからない？」

「ええ。東北の大地主の一人息子だってことは聞いたわよ。何十億って土地なんですって。結婚したら、その土地を半分売って、東京で宝石店をやるんですって。半分だって十億や二十億はあるっていうんだもの。羨《うらや》ましいわ。田島ちゃんなんか、死んだって、悲しくも何ともないのは、当然かもね」

「東北の大地主の一人息子ねえ」

「あたしも、そんな彼がいたらいいんだけど。ホステスって仕事は、不安定でしょう？　だから、いい人がいたら、あたしも、結婚したいと思ってるの。お客さん、独身？」

「いや」

と、十津川は苦笑してから、

「今月の七日から九日まで、万里子さんは、店に出ていたかな？」

「このところ、一日も休まなかったわね」

「この店は、何時までやってるの？」

「一応、十二時までだけど、お客さんがいれば、午前一時頃までやっているわ」

「田島さんのことは、よく知っているのかね？」

「田島ちゃんは、マリコの彼氏だったから。でも、いいお客さんだったわよ。一杯、お客さんを連れて来てくれたもの」

「営業課長だからね。威張っていて、あまり、人には好かれていないようだったんだが」

「そうねえ。そうだ。田島ちゃんが、誰かに殴られたって話を聞いたことがあったわ」

「ほう」

と、何気ない様子で、十津川は微笑したが、眼は、きらりと光らせて、

「誰が喋《しゃべ》ったのか、覚えていないかな？」

「誰だったかなあ。確か田島ちゃんと一緒に来た人だったわ。田島ちゃんがトイレに立った時、いったんだと思うな」

「一緒に来たというと、得意先の人かな？」

「お得意が、おごって貰ってるのに、そんなことは、いわないと思うわ」

「じゃあ、同じ会社の人間かな？」

「と、思うわ」

「ありがとう。また来るよ」

十津川が、立ちあがると、ホステスは、一緒に腰を浮かしながら、

「マリコは、もうじき結婚するかもしれないから、彼女に会うんなら、すぐ来たほうがいいわよ」

「大地主の息子とは、そこまで進んでるの？」

「何でも、彼と一緒に、故郷《くに》へ行ってくるんですって。マリコ、浮き浮きしてるわ。彼が、両親に会わせたいっていってるんですって。だから、間もなく、ここをやめて結婚するみたいよ」

6

亀井と西本の二人の刑事が、太陽商会へ出かけて行った。

田島が殴られたことがあるという話の真偽を確認するためである。

この頃になると、太陽商会側のガードが堅くなった。亀井たちは、社員の口を開かせるのに苦労した。めったなことを喋るなという命令が、上から出たためらしい。

結局、社内では、何も聞くことが出来なかった。

そこで、亀井は、最近、太陽商会を辞《や》めた人間に狙《ねら》いをつけた。

今年になってから、四人の社員が辞めていた。そのうち、三人は女子社員で、退職の理由は、いずれも結婚のためである。

亀井は、この三人の女子社員は、初めから無視することにした。田島が殴られたことがあるという話は、銀座のクラブで聞かされた話である。しかも、田島の女のいる店だ。そんな店に、田島は、同じ会社の女子社員は、連れて行かないだろうと思ったからである。

残りの一人は、田島と同じ営業一課にいた男子社員だった。

亀井は、渡辺《わたなべ》という三十歳のその社員に会いに出かけた。太陽商会を辞めたあと、渡辺は、妻の父親のやっている金融会社で働いていた。

亀井たちにとって幸いだったのは、渡辺が、課長の田島と衝突して、会社を辞めていたことだった。それだけに、何でも話してくれた。

「田島さんが殴られた話ね。あれなら、何人もの人間が知ってますよ」

と、渡辺はニヤッと笑った。

「どんな話なのか、くわしく話してください」

と、亀井はいった。

「去年の暮れ頃でしたね。田島さんは、時々、部下を連れて飲みに行くんです。まあ、部下にいいところを見せたかったからでしょうね。あの日、僕も入れて四人が、田島さんについて行きましたよ。銀座で、三軒ばかりスナックをハシゴして、いい気分で外へ出た時、いきなり、一人の男が、田島さんに殴りかかってきたんです。時刻ですか。午前一時近かったんじゃないかな」

「どんな男です？」

「薄暗い路地でしたから、よくはわかりませんが、三十五、六歳で、背広にネクタイだったから、サラリーマンでしょうね。背は百七十センチくらいでした」

「突然、田島さんを殴ったんですか？」

「何か叫びながら、殴ったみたいだったけど、何ていったのかわかりませんね。とっさのことでしたから」

「そのあと、どうなったんですか？」

「男は、すぐ、逃げましたよ」

「田島さんは、その男を知っているようでしたか？」

「ええ。誰かが、追いかけようとしたら、田島さんが、放っとけ、あいつはおれの女房に惚《ほ》れてやがるんだと、笑ってましたからね」

「奥さんに惚れてる男といったんですか」

「そうです。それで、印象に残っているんです」

「それは、田島さんの奥さんが、自殺する前ですか？　それとも、自殺した後のことですか？」

「確か、あのことがあったあとで、奥さんが亡くなったんだと思いますよ」

と、渡辺はいった。

7

田島久一郎殺しについて、一人の容疑者が浮かび上がってきた。

サラリーマン風の三十五、六歳の男で、自殺した田島の妻に惚れていたらしい男である。

十津川たちにとって、一つの進展だった。

ただ、岡山県警に依頼した捜査のほうは、思うように進まなかった。

七月七日に、田島久一郎が、岡山にいたことは、確認された。

国鉄岡山駅前の岡山国際ホテルに、七月七日に、田島は泊まっていた。しかし、田島は、翌七月八日の午前十一時、このホテルをチェック・アウトしている。

そのあと、田島が、どこへ行ったかわからないと、県警はいってきた。

岡山市内のホテル、旅館を、片っ端から調べてみたが、宿泊カードにも、宿帳にも、田島久一郎の名前はなかった。偽名を使って泊まったかもしれぬと考えて、田島の顔写真を持ってきいてみたが、記憶にあるという返事は、返って来なかった。

「田島久一郎は、八日から九日にかけては、岡山には泊まらなかったんじゃないかと思います」

と、岡山県警捜査一課の北山《きたやま》警部が、電話でいった。

「というと？」

「田島は、七日は仕事をしたが、八日、九日は、プライベイトに過ごしたんでしょう？　岡山はいい町ですがね。正直にいって、男と女が、休日を楽しく過ごすところじゃありません。多分、倉敷あたりへ行ったか、ちょっと足を伸ばして、小豆島《しょうどしま》へでも行ったか。広島まで行けば、宮島も楽しめますよ。逆に、京都まで戻って、古都見物だって考えられます」

「しかし、死体の傍《そば》にあったスーツケースには、岡山名産の吉備だんごが入っていたんですが」

「吉備だんごなら、新幹線の車内でも売っていますよ。名古屋あたりまでです」

「なるほど。しかし、岡山市内でないとすると、どこへ泊まったか、調べるのは大変ですね」

「この近くには、小さな温泉が沢山あります。それを一つ一つ洗って行くのは、大変は大変です。それに、倉敷は、うちの縄張りですが、宮島や姫路や、小豆島は、他県ですからね」

「わかります」

「犯人の目星はついたんですか？」

と、逆に、北山警部がきいた。

「一人、容疑者らしき人物が浮かんで来ていますが、今のところ、名前も住所もわかっていないのです」

「岡山から乗ったのは確かなんですか？」

「それはわかりません。あなたのいわれるように、姫路から乗ったのかもしれないし、京都からかもしれません。ただ、岡山発の最終の『ひかり』で、東京へ帰って来たことだけは確かです」

　十津川は、電話を切ってから、岡山での田島久一郎の行動のチェックは、難《むずか》しいなと思った。

岡山県警の北山のいうとおり、女連れで、八日、九日を過ごしたとすれば、岡山市内にいると考えるのがおかしいのだ。十津川が、田島だったとしても、仕事をした町で、女性と過ごすよりも、近くの観光地なり、温泉地で楽しむだろう。

「去年の暮れに、田島を殴った男に、捜査をしぼってみよう」

と、十津川は、部下の刑事たちにいった。

流しの犯行説は、もう完全に消えていた。

「この男は、自殺した田島の奥さんに惚れていたらしい。恐らく、田島が、女あさりばかりして、奥さんを悲しませているのに腹を立てて、殴ったんだろう。その後、奥さんは自殺してしまった。田島が死に追いやったようなものだ。少なくとも、問題の男は、そう考えたろう」

「それで、九日の夜、田島を、彼の自宅附近に待ち伏せしていて、殺したわけですな」

亀井が、緊張した顔で、肯いた。

「そうだ。会社に問い合わせれば、田島が、七日から九日まで、岡山に行っていることは、すぐわかったはずだ。九日の夜、帰宅すると考えて、待ち伏せしていたんだろう。この男が何者なのか、洗い出してほしい。自殺した田島亜木子の恋人だったとすれば、彼女の線から浮かんでくるだろうと思うがね」

と、十津川はいった。

改めて、田島亜木子の周辺が調べられた。

そして、一人の男が、浮かび上がってくるまでに、丸二日間、かかった。

8

田島亜木子が、自殺したのは、去年の十二月二十一日の日曜日である。

この時、田島は、小寺万里子と熱海で遊んでいた。

「田島亜木子、旧姓、奥西《おくにし》亜木子は、東北の旧家の出です」

と、亀井は、二日間の捜査の結果を、十津川に報告した。

「それで、問題の男は、見つかったかね？」

「一人、見つかりました。名前は、立花浩二《たちばなこうじ》。青森県八戸の出身です。年齢三十四歳。現在、鉄鋼関係の会社で働いています。これが、その男の写真です」

亀井は、一枚の写真を、十津川の前に置いた。

どちらかといえば、平凡な顔立ちの男だった。ただ、男にしては、眼が大きく、きれいに見えた。

「亜木子との関係は？」

「立花は、東北の大学で、亜木子の兄と一緒でした。この兄は、社会に出てすぐ病死しましたが、立花と亜木子とは、その頃からの知り合いです」

「立花は、亜木子を愛していたのかね？」

「三十四歳の現在まで、独身というのは、亜木子のことがあったからだと思います」

「それなら、亜木子を自殺に追いやった田島を殺したくなったとしても、おかしくはないわけだ」

「動機は、ありますが――」

「が、何だい？」

「立花には、アリバイがあります」

「どんなアリバイだね？」

「問題の九日ですが、夜の十二時に、有楽町の『ポパイ』というスナックで飲んでいたんです。田島の死亡時刻は、十二時頃と考えられますから、立花は、殺せないことになってしまいます」

「その店に、十二時にいたことは、確かなのかね？」

「ママと、ホステスが確認しています。立花は、時々、この店に、ひとりで飲みに来ていたそうですが、看板が十二時で、この時間になると、蛍の光のレコードをかけます。九日は、その時、立花がいて、もう少し飲ませてくれないかといったというんです。何時からいたか、はっきりしないが、十二時にいたことだけは、間違いないといっています」

「九日以外の日じゃないのか？」

「それも、念を押してみましたが、ホステスの一人に、七月九日生まれがいまして、立花は、それを覚えていて、誕生祝いだといって、金のネックレスをプレゼントしてくれたそうです。だから、九日に間違いないと」

「アリバイありか。青森県八戸の出身か」

「彼の家も、東北では、旧家らしいです。土地も、かなり持っているとか」

「東北の旧家ね」

と、呟《つぶや》いてから、十津川は、急に、はっとした顔になって、立ち上がった。

腕時計を見る。午後十時三十分になったところだった。

「カメさん。ちょっと、つき合ってくれ」

「どこへ行くんですか？」

「銀座のクラブだ。小寺万里子のことが気になってね。立花が、田島を殺したとすれば、小寺万里子だって狙うだろうし、彼女が、東北の大地主の一人息子と結婚すると、仲間のホステスにいっているのが気になるんだ」

「それが、立花浩二ですか？」

「だったら、大変だからね」

十津川は、亀井を連れて、クラブ「にれ」に急いだ。

万里子がいたら、大地主の一人息子というのが、いったい誰なのか、問い質《ただ》してみようと思ったのだが、店に入ってみると、彼女の姿はなかった。

先日のホステスが、近寄って来て、店内を見廻している十津川に、

「マリコはいないわよ」

「どこへ行ったのかね？」

「どこへって、大地主の一人息子と、今日、彼の故郷へ行ったはずよ」

「今日行ったのか」

「ええ」

「どの列車に乗ったかわからないかね？　それとも、飛行機か車で行ったのかね？」

「そこまではわからないわ」

「彼女が熱をあげている大地主の一人息子だがね。立花という名前じゃないかね？」

「さあ、名前も住所も教えてくれないのよ」

「彼女の住んでいるところを知っているかね？」

「一度、遊びに行ったことがあるわ。田園調布にある大きなマンションだったわ。駅をおりて、すぐのところに建ってる『ヴィラ・田園調布』というの。でも、今は留守のはずよ」

と、そのホステスは、教えてくれた。

他のホステスや、ママにきいても、小寺万里子のことや、彼女が結婚しようとしている東北の大地主の一人息子のことは、あまり知らないようだった。

十津川と亀井は、失望して、クラブ「にれ」を出た。

「田園調布のマンションを調べてみますか？」

と、亀井がきいた。

「今の状態では、家宅捜索は無理だよ。小寺万里子は、事件の容疑者でもないし、彼女が殺されたと決まったわけでもないからね。令状はとれまい」

「警部は、小寺万里子が、狙われているとお考えですか？」

「彼女が結婚する気でいる男が、立花だとしたらだがね」

「しかし、立花は、田島久一郎殺しについて、アリバイがあります。彼が、田島を殺していなければ、別に、小寺万里子を殺す必要はないじゃありませんか?」

「君のいうとおりだが、立花のアリバイについて、もう一度、調べ直してみてくれ」

と、十津川は、いった。

問題の九日の夜に、立花が、有楽町のスナックにいたことは、別に不思議ではない。そのくらいの偶然はあり得るだろう。看板の十二時にいたこともである。

十津川が、注目したのは、ホステスの一人の誕生日が、七月九日だったので、立花が、ネックレスをプレゼントしたことである。

立花は、好きだった女が結婚してしまったために、三十四歳まで、独身を通してきたような男である。そんな男が、スナックのホステスの誕生日を覚えていて、プレゼントしたりするだろうかという疑問である。

九日を印象づけようとして、プレゼントしたのだとすれば、彼のアリバイは、信用できないのだ。

第二章　阿武隈川《あぶくまがわ》の死体

1

宮城県の南部を流れる阿武隈川は、北上川と並ぶ東北地方の大河である。

昔は、川船の往来がしきりだったが、今は、途絶えてしまった。それほど、川幅が広い。

七月十五日の昼頃、東北本線の岩沼駅から歩いて約三十分の阿武隈川の河原で、釣りをしていた老人が、杭《くい》に引っかかっている若い女の死体を発見した。

六十五歳の老人で、最初は、洋服が流れついたのかと思ったという。よく見ると、その洋服には、人間の中身が入っていたのである。

老人は、あわてて、警察に届けた。

小雨の降り出した河原で、死体が、水から引きあげられた。

青白い顔に、濡《ぬ》れた髪がへばりつき、はだけた胸には、川藻《かわも》が絡まっている。

靴は、流れ去ってしまったのか、はいてなかった。

年齢は、二十七、八歳。背のすらりと高い女だった。

自殺、他殺、事故死のいずれかわからないままに、宮城県警は、仙台の大学病院で、解剖することにした。

所持品が見つからないので、身元がわからなかった。


〈身元不明の女性の死体が、阿武隈川に浮かぶ〉


そんな記事が、この日の夕刊にのった。

十津川が、その記事に注目したのは、「東北本線、岩沼駅近くの河原」という言葉と、「年齢二十七、八歳、身長百六十五センチ」という数字だった。

小寺万里子の年齢や、身長と、ぴったり一致していたし、東北本線の駅に近いということが気になった。

翌十六日の朝早く、十津川は、ひとりで仙台に向かった。

上野から、午前七時三三分発の「はつかり1号」に乗った。宮城県警に電話で問い合わせてみたのだが、電話では、細かい点がわからなかったからである。

朝食をとらずに乗ったので、宇都宮を過ぎたところで、食堂車に足を運んだ。

梅雨《つゆ》明けは、まだ遠いのか、車窓から見える空は、どんよりと曇っている。

十一時半近くに、阿武隈川を渡った。

仙台に着いたのは、定刻の一一時四八分である。

駅には、県警の木下《きのした》という刑事が迎えに来てくれていた。小柄な、色の黒い、四十二、三歳の刑事である。

「すぐ、仏さんの顔を見たいんだが」

と、十津川は、木下刑事にいった。

木下は、車に十津川を案内し、運転手に、大学病院に行くようにいってから、

「一時間前に、解剖の結果が出ました。それで、他殺と決まりました」

「溺死《できし》じゃなかったわけかね？」

「肺に水が入っていませんでした。身体に何カ所か打撲傷があるのを、最初は、流れているうちに、杭や、石にぶつかったためと考えていたんですが、違うようです。解剖した医者は、後頭部の打撲傷が、直接の死因だといっていました」

「後頭部を殴られて、殺されたか」

十津川は、自然に、九日に殺された田島久一郎のことを思い出した。それも、後頭部を殴られて、死んだのだが。

仙台市の北、青葉城《あおばじょう》跡にある大学病院で、十津川は、死体と対面した。

死体を蔽《おお》っていた白布がめくられて、上半身が見えた瞬間、

〈やはり小寺万里子だ〉

と、すぐわかった。

死亡推定時刻は、七月十四日の午後十時から十二時の間ということだった。

十津川は、木下刑事と、宮城県警へ行き、小寺万里子のことを話した。

県警捜査一課では、殺人事件捜査本部の看板をかけているところだった。

「すると、小寺万里子は、立花という男に殺された可能性が強いということですか?」

と、事件の指揮をとることになった柳沢《やなぎさわ》警部が、十津川にきいた。

「今のところ、推測でしかありませんが、可能性はあると思っています。被害者は、東北の大地主の一人息子と、彼の故郷へ行って、両親に会うと喜んでいたんです。その一人息子というのが、もし、立花だとすると、立花が、騙《だま》して、被害者を連れ出し

たことになります」

「問題は、どうやって、犯人が、殴り殺して、阿武隈川に放り込んだかということですね。車で運んだか、東北本線で仙台まで来て、現場まで連れて行って殴りつけてから、川に放り込んだか」

「死体の発見された場所を、見せて頂けませんか」

と、十津川は、いった。

木下刑事が、阿武隈川の河原へ案内してくれた。

水量は豊かで、流れは、かなり早い。

多分、上流で放り込まれたのだろう。

「向こうに見えるのが、常磐線の鉄橋です」

と、木下が、上流のほうを指さした。

長さ六、七百メートルの橋梁《きょうりょう》が、遠くに見えた。

「この上流の白石川を渡って東北本線が走っています。両線は、この先の岩沼で一緒になって、仙台へ向かいます」

「列車から放り投げられたということは、考えられませんか？　あの鉄橋を通過中にです」

十津川がきくと、木下は、首を振って、

「ちょっと考えられませんね。今は、列車の窓は開きませんし、列車の中で殴り殺したり、鉄橋通過中に投げ落としたりすれば、他の乗客に見とがめられるんじゃないですか」

確かに、そのとおりだった。

今日、乗って来た「はつかり1号」も、客車の窓は開かなかった。

とすると、車で、ここまで運んで来たのだろうか？

東北自動車道が盛岡まで貫通したので、車で、東北へ来る人も多くなっている。

犯人は、小寺万里子を車に乗せて、ここまでやって来て、後頭部を殴りつけたあと、川に投げ込んだのか。

（しかし――）

小寺万里子の死亡推定時刻は、十四日の午後十時から十二時までの間である。車で、夜、走って来たのだろうか？

2

県警本部に戻ると、十津川は、電話を借りて、亀井刑事に連絡をとった。

「やっぱり、小寺万里子だったよ」

と、十津川は、いってから、

「立花の動きはどうだね？」

「田島殺しのアリバイについては、進展ありませんが、立花は、休暇を三日とって、八戸へ帰っています」

「八戸へ帰った？　いつだ？」

「七月十四日に、上野を発《た》っています」

「それは確かかね？」

「会社の友人が、一人、見送りに上野駅へ行っています。その友人の話によると、立花は、午後九時四〇分発の『ゆうづる5号』に乗ったということです」

「『ゆうづる5号』？」

「そうです。『ゆうづる5号』です。十五、十六、十七日と休暇をとっています。ですから、今頃は、八戸だと思います」

「その友人の証言は、信頼できるんだろうね？」

「できます」

「その時、立花は、ひとりだったのかね？」

「ひとりで、列車に乗ったといっていますが、もちろん、列車の中で、女と落ち合うことは、十分、考えられますが」

と、亀井はいった。

十津川は、立花の八戸の家の電話番号を聞いてから、受話器を置いた。

時刻表を借りて、調べてみた。

「ゆうづる5号」は、二一時四〇分に上野を出て、終着青森着は、翌日の七時〇五分である。

この列車に、小寺万里子も乗ったのだろうか？

水戸着が、二三時〇八分。その前後に、彼女は、殺されたことになる。

十津川は、メモした八戸の電話番号を回してみた。

「立花でございますが――」

という女の声が聞こえた。

「立花浩二さんをお願いします。私は、東京警視庁の十津川といいます」

と、いうと、すぐ若い男の声に代わった。

「立花ですが」

その声は、落ち着いていた。事件に無関係だから落ち着いているのか、それとも、覚悟していたから落ち着いているのか、わからなかった。

「田島亜木子、旧姓でいえば奥西亜木子さんをご存じですね？」

「ええ。知っています」

「田島久一郎さんはどうです？」

「知っています」

「去年の暮れに、田島さんを銀座で殴りましたね？」

「そんなことがあったかもしれません」

「田島さんを殺しましたか？」

「とんでもない。なぜ、そんなことをおききになるんですか？」

「あなたに動機があるからです」

「動機があるからといって、必ず、殺人を犯すとは限らないでしょう」

「小寺万里子さんは、ご存じですか？」

「さあ。どんな人ですか？」

「クラブのホステスで、田島さんと関係があった女です。仙台の近くで殺されていました」

「ほう」

「立花さんは、十四日に、『ゆうづる5号』に乗られたそうですね」

「ええ。明日まで休暇をとっています」

「八戸へ着いたのは、何時ですか？」

「朝の六時頃です」

「それを証明できますか？」

「証明？」

「あなたを、八戸の駅に迎えに来ていた人がいるとかといったことです」

「八戸駅に、僕の小学校時代の友だちが働いています。近藤《こんどう》という男で、彼が、早く着いたねといってましたから、覚えていてくれるはずです。八戸駅の旅客係ですよ」

「ひとりで、帰られたんですか？」

「ええ。父が病気で、会いたいという電話を貰ったものですから、二年ぶりに、八戸へ帰りました」

「『ゆうづる5号』でしたね？」

「そうです」

「どの辺に乗ったか、覚えていませんか？」

「どの辺って、3号車か4号車だったと思いますね。切符がないから、はっきりしたことは、覚えていませんね。そんなことが、大事なんですか？」

「大事になるかもしれません。一度、あなたに会いたいですね。会って、確認したいこともあるし――」

「明日、東京に帰りますから、途中で、仙台へ降りて、お会いしてもいいですが」

「いや、私が八戸へ行きましょう」

と、十津川は、いった。

3

十津川は、午後四時五〇分、仙台発の「はつかり7号」に乗った。

思い立つと、行動に移さなければ、気がすまないのが、十津川の性格だった。

八戸に着いたのが、八時過ぎである。

雨は降っていないのだが、いぜんとして、どんよりと重い空である。

改札口を出ると、駅前広場に、大きな八幡馬《やわたうま》の像が立っているのが眼についた。この地方の古い郷土玩具《がんぐ》である。

十津川が、赤と黒の八幡馬の像を眺めていると、男が、近寄ってきて、

「十津川さんですか？」

と、声をかけてきた。

写真で見たと同じ顔だった。

七月の中旬なのに、何となく肌寒い夜で、立花は、ポロシャツの上に、ジャンパーを羽織っていた。

立花は、十津川を、駅前のNという喫茶店に案内した。

「僕が、田島さんを殺したと思っていらっしゃるんですか？」

と、立花は、テーブルに向かい合ってから、十津川にきいた。その顔が、気のせいか、疲れているように見えた。

「あなたには、動機がありますからね」

「どんな動機ですか？」

「あなたは、去年の暮れ、田島久一郎さんを殴った。奥さんの亜木子さんのことでね。

その後、亜木子さんは自殺した。あなたの、田島さんに対する憎しみは、一層、深くなったはずだ」

「田島さんを殴ったのは認めますよ。でも、殺してはいない。僕には、アリバイもある」

「そのアリバイですがね。今月の九日の夜、有楽町のスナック『ポパイ』で、ホステスの一人に、誕生日のプレゼントをやりましたね？」

「ええ。彼女が以前から、七月九日が自分の誕生日だから忘れずにねといっていましたからね。面白い女の子なんで、ネックレスを贈ったんです」

「そのホステスの名前は？」

「確か、ユキちゃんといいましたね」

「どんな字を書くんですか？」

「わかりませんよ。第一、ユキちゃんというのだって、本名かどうか、わからないんだから」

「その程度の相手に、あなたは、誕生日のプレゼントをするんですか？　しかも、金のネックレスを」

「して悪いということはないでしょう？　まさか、スナックの女の子にプレゼントするのに、いちいち、警察の許可がいるんじゃないでしょうね？」

立花は、皮肉な眼つきをして、十津川を見た。挑戦的な眼でもあった。

「小寺万里子という女性を、本当に知りませんか？」

十津川は、コーヒーを口に運んでからきいてみた。

「知りませんね」

立花は、視線をそらせて、ぶっきら棒にいった。十津川は、構わずに、

「この女性は、十四日の夜十時から十二時の間に殺されて、阿武隈川に放り込まれていたんですよ」

「それなら、僕は無関係ですね。その時刻には、『ゆうづる5号』の寝台に寝ていましたよ」

「それを証明できますか？」

「会社の友人が、僕が列車に乗るのを見ているし、八戸駅では、翌朝、ちゃんと、『ゆうづる5号』から降りて、切符を渡していますよ。それ以上、何を証明したらいいんですか？」

立花は、また、挑戦的な眼つきをした。

（この男は、自信満々なのだ）

4

　立花に別れたあと、十津川は、八戸駅に引き返して、近藤という駅員に会った。

　都会的な立花に比べると、がっしりした身体《からだ》つきで、口は重かったが、それだけに、信頼できる感じだった。

「ちょうど、私が改札にいた時に、立花が降りて来たんです。会ったのは、七、八年ぶりじゃなかったですか」

　と、近藤は、ニコニコしながらいった。

「時刻は、何時頃ですか？」

「朝の六時頃ですよ。『ゆうづる5号』の八戸着が、五時五九分ですから、ぴったりです」

「『ゆうづる5号』に乗って来たことは、間違いありませんか？」

　十津川が念を押すと、

「他に、あの時間に、何に乗ってくるんです？　それに、切符も、ちゃんと見ましたよ。上野から八戸までの、『ゆうづる5号』の特急寝台券でしたよ。鋏《はさみ》もちゃんと入っていたし、検札のパンチもです」

そういうところは、職業柄、きちんと見るのだと、近藤はいった。

十津川は、八戸に泊まらずに、この日の夜一〇時二一分八戸発の「ゆうづる12号」で、東京に帰った。

上野着が、翌日の午前七時少し前である。

十津川が、捜査本部に戻ると、亀井が、待ちかねたように、

「いかがでした？」

と、きいた。

「図式は簡単なんだ。二人の人間が、いずれも、背後から殴られて殺された。死体は、東京と宮城県で発見され、共通した容疑者が一人いる。立花浩二。その男以外に犯人は考えられない。だが、この男には、アリバイがある」

「立花は、本当に、七月十四日の『ゆうづる5号』に乗ったんですか？」

「乗ったことは間違いないね」

「小寺万里子も、『ゆうづる5号』に乗ったんでしょうか？」

「それがわからないんだ。乗ったのだとしたら、どうして、阿武隈川に浮かんでいたのか？」

「列車の中で殺して、鉄橋から投げ込んだんじゃありませんか？『ゆうづる5号』は、阿武隈川の鉄橋を渡るわけでしょう？」

「ああ。だから、誰でもそう考えるんだ。しかし、昔の列車と違って、今の列車は、窓が開かないんだ。いくら小寺万里子が、スレンダーな身体つきでも、開かない窓から は、放り出せないよ。それに、死亡推定時刻がある。彼女の死亡推定時刻は、十四日の午後十時から十二時までの間だ」

「それが、何か意味がありますか？」

「『ゆうづる5号』が、阿武隈川の鉄橋を通過するのは、午前二時十七、八分だろう

ゆうづる５号	
上　　野	21：40
	↓
水　　戸	23：08
	（４分停車）
	↓
平	0：22
	（３分）
	↓
仙　　台	2：35
	（運転停車２分）
	↓
盛　　岡	4：42
	（２分停車）
	↓
八　　戸	5：59
	（２分）
	↓
青　　森	7：05

という。つまり、その二時間以上前に殺されているということだ。小寺万里子が、立花と一緒に、『ゆうづる5号』に乗ったとすると、立花は、殺した女を、ずっと二時間以上も、列車の中にかくしていたことになる。あいている寝台に寝かせておけたとしても、阿武隈川に捨てなければならないんだから、ずるずる引きずって行かなければならない。そんなことをすれば、他の乗客や、車掌に見つかってしまうだろう」

「では、これはどうでしょう。今、時刻表を見て考えたんですが」

亀井は、黒板に、「ゆうづる5号」の時刻表を書き抜いていった。

「前もって、馬力の強い、スピードの出る車を用意して、水戸か、平の駅前に駐《と》めておきます。上野で『ゆうづる5号』に乗った立花は、車中で、小寺万里子に、途中下車して、車を飛ばしてみないかと誘うわけです。夜の道を車で飛ばすのは面白いだろうと、彼女が同意します。そこで、水戸か平で途中下車し、用意しておいた車に乗る。そこで、いきなりスパナか何かで殴り殺して、阿武隈川まで飛ばします。着いたら、死体を川に投げ込み、そのあと、仙台か盛岡まで飛ばして、『ゆうづる5号』に追いついて、乗り込む。こうすれば、八戸で、『ゆうづる5号』から降りられるんじゃないでしょうか？」

「『ゆうづる5号』の平均スピードは、時速八十キロぐらいだから、死体を阿武隈川に放り込んでから、追いかけるのは大変だが、不可能じゃないね」

「これ以外に、方法はないんじゃないでしょうか？」

と、亀井がいったとき、若い西本刑事が、遠慮がちに、

「それは、不可能だと思います」

「なぜだね？」

「立花は、車の運転が出来ないんです。運転を習ったこともありませんし、免許も持っていません」

第三章 「サシ581」の謎《なぞ》

1

また、壁にぶつかった。

九日の田島久一郎殺しについても、十四日の小寺万里子殺しについても、立花は、アリバイが成立するのだ。

しかし、逆に、十津川は、立花が犯人に違いないという確信を強くした。アリバイが、はっきりし過ぎているのが、かえって、怪しいと思うのである。

「なぜ、『ゆうづる5号』なんだろう?」

ふと、十津川が呟いた。

亀井が、「え?」と、顔をあげて、

「何のことですか？」

「なぜ、立花は、『ゆうづる5号』で、八戸へ帰ったのかということさ。なぜ、他の列車にしなかったんだろう？」

「それは、偶然じゃありませんか？」

「いや、違うね」

と、十津川は、きっぱりと否定してから、

「立花に会ってみて、彼は、小心な男だと思ったよ。だから、好きな女に結婚も申し込めずに、他の男に奪《と》られてしまったりするんだが、また、立花は、頭が切れて、しかも、綿密に計画を立てる男のような気がする。『ゆうづる5号』を選んだのは、それなりの必然性があったからに違いないんだ。また、田島久一郎殺しも、岡山発の最終の『ひかり98号』でなければならなかったんだと思う。その理由さえわかれば、事件の謎《なぞ》は、解けると思うんだがね」

「しかし、『ゆうづる5号』だけの、特殊性といっても――」

「上野から八戸や青森へ行く列車は、『ゆうづる』の他にも、『はつかり』とか、『はくつる』とかがあるが、一応、『ゆうづる』だけに限ってみよう。国鉄では、奇数号列車を下り、偶数列車を上りとして、『ゆうづる』の下りは、1号から13号まである。

それを、書き抜いてみるよ」

と、十津川は、黒板に書き出していった。

「いいかね。『ゆうづる』1号、3号は、八戸を通過してしまう。実際には、停車するが、これは運転停車で、わずか二分間しか停まらないので、乗客の乗り降りは出来ない。だから、1号、3号に乗らなかったのはわかる。八戸で降りられないんじゃ仕方がないからね。問題は、5号から13号までだ。八戸へ着く時刻に注目してほしい。立花は、両親のところへ帰ったわけだが、たとえ、実家でも、訪ねるのなら、適当な時刻というのがあるはずだ。私なら、早くても、八時過ぎにするね。立花は、模範的なサラリーマンだから、こういう時間には、気を使う人間のはずなんだ。ところが、よりによって、朝の五時五九分に着く列車に乗っている。他に、もっと適当な時刻に着く列車があるのにだよ。11号なら、八戸には八時二八分に着くし、13号なら、八時三四分に着く。この二本の『ゆうづる』のほうが、はるかに、適当だよ。それなのに、立花は、なぜ、5号に乗ったかだ。何か目的があったとすれば、それは、小寺万里子を殺すのに、もっとも便利な列車だからとしか考えられないね」

「つまり、他の『ゆうづる』では、小寺万里子を、うまく殺せなかったということですね？」

「そうさ」

「しかし、どこが違うんでしょうか？」

「まず、国鉄に聞いてみようじゃないか。専門家だからね」

十津川がいい、亀井が、さっそく、国鉄に電話をかけた。
五、六分して、受話器を置いた亀井は、
「根本的な差は、電車寝台とブルートレインの差だそうです。『ゆうづる』1号、3

	上　野	八　戸	青　森
ゆうづる 1号	19：50	→	5：03
3号	19：53	→	5：08
5号	21：40	5：59	7：05
7号	21：53	7：33	8：51
9号	22：16	7：54	9：15
11号	23：00	8：28	9：50
13号	23：05	8：34	9：55

号、5号は、電車寝台、7号、9号、11号、13号は、客車を電気機関車が引っ張るブルートレインです。その違いだといっています」

「しかし、どちらも、寝台特急であることに変わりはないだろう。窓は開かないし、死体を引きずり廻したりは出来ないんだから、電車寝台が、人殺しに向いているとは、とうてい思えないね」

「国鉄では、他に違いはないといっていますが」

「じゃあ、列車の編成を調べてみよう」

十津川は、大型時刻表にのっている列車編成図を調べてみた。

これを見ると、「ゆうづる」には、四通りの列車編成があることがわかる。

立花も、この編成表を見たに違いない。そして、殺人の舞台として、一番上の「ゆうづる5号」を選んだのだ。

下の三列車は、多少の違いはあっても、似かよっている。

やはり、一番違うのは、「ゆうづる」1、3、5号の編成である。

「その違いのどこに、立花は、眼をつけたんだろう?」

「『ゆうづる5号』には、寝台車だけでなく、グリーン車が一台ついていますね」

西本刑事が、いった。

グリーン車なら、寝台券は必要ない。だが、それ以外のメリットがあるだろうか？

「グリーン車じゃないいな」

と、十津川はいった。

「ゆうづる５号」は、午後九時四〇分に上野を出るが、次の停車駅水戸に着くのは、一一時〇八分である。水戸まで行く人は、寝台は必要がないから、グリーン車を利用するだろう。

「残るのは、食堂車だけですね」

亀井がいうと、西本が、すぐ、

「しかし、『営業休止』と書いてありますよ」

「使わない食堂車を、なぜ、連結しているんでしょうか？」

「今、国鉄は、省エネ対策を打ち出しています。だから、実際の『ゆうづる５号』は、食堂車はつないでいないんじゃありませんか？　空《から》の車両を一両でも余計に引っ張るのは、それだけ、力のロスになりますからね」

「カメさん、ちょっと出かけようじゃないか」

と、十津川は、亀井に声をかけて、立ち上がった。

十津川が、出かけたのは、前に、ある事件で一緒に働いたことのある、国鉄総裁秘書の北野《きたの》という男の所だった。

秘書というと、眼つきの鋭い、何事も手早く片付けるカミソリのような人間を連想するが、北野はどちらかといえば、愚鈍《ぐどん》な感じのする男である。また、頑固《がんこ》でもある。ただ、正直だった。十津川が気に入ったのは、そこだった。わからないことは、わからないといってくれるからだ。

北野は、相変わらず、疲れた顔をしていた。このところ、国鉄が、さまざまな形で、批判の対象になっているからだろう。

「お忙しいところを、申しわけないんだが、上野発青森行きの『ゆうづる』のことで、教えて頂きたいことがありましてね」

と、十津川は、切り出した。

「『ゆうづる』1、3、5号に、食堂車がついていますね。時刻表を見ると、営業休止になっていますが、あれは、どういうわけですか」

十津川がきくと、北野は、「あれですか」と、苦笑した。

「よく、文句をいって来られることがあるんです。食堂車がついているのに、なぜ、営業していないんだといってです。代議士の先生なんかは、赤字の国鉄が、なぜ、空《から》の食堂車を引っ張っているのか、その分、客車をつないだらどうだと怒って来られた

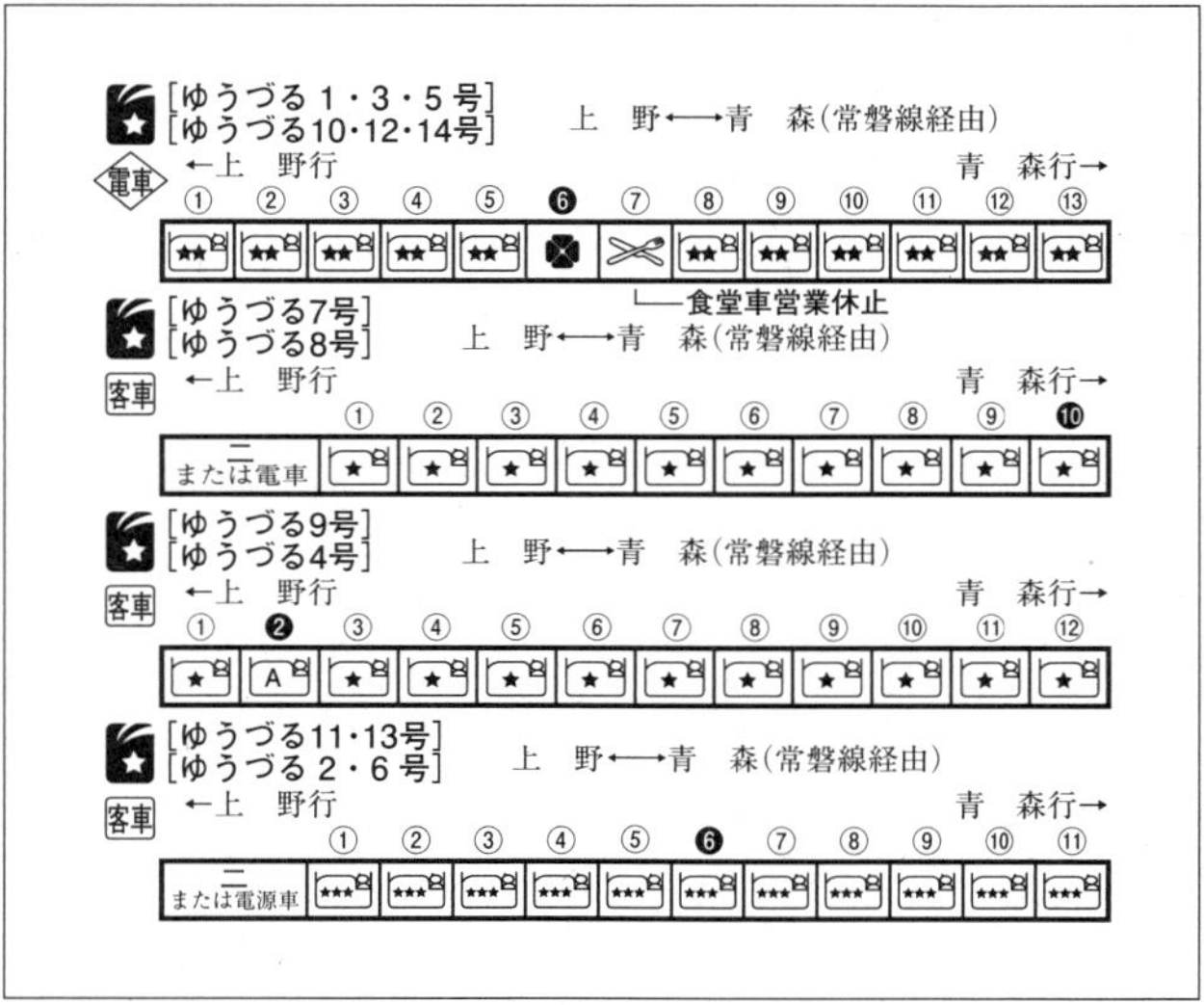
[ゆうづる1・3・5号]
[ゆうづる10・12・14号]
上　野←→青　森(常磐線経由)
電車
←上　野行
青　森行→
食堂車営業休止
[ゆうづる7号]
[ゆうづる8号]
上　野←→青　森(常磐線経由)
客車
←上　野行
青　森行→
または電車
[ゆうづる9号]
[ゆうづる4号]
上　野←→青　森(常磐線経由)
客車
←上　野行
青　森行→
[ゆうづる11・13号]
[ゆうづる2・6号]
上　野←→青　森(常磐線経由)
客車
←上　野行
青　森行→
または電源車

こともあります。たまたま、この列車に乗られたんでしょうね」

「私も、同じ疑問を呈したいんだが」

「この列車は、583系電車といいましてね。昭和四十二年頃に造られたものです。この列車に使われている食堂車は、サシ581型といいます。それで、なぜ『ゆうづる』1、3、5号が、休止の食堂車を連結して走っているかの理由ですが、理由は二つあります。第一の理由は、同じ編成の列車を、昼間使う場合があるので、流用に便利ということがあります。同じ東北本線でいえば、『はつかり』が、上野と青森間に、この583系電車を使っています。グリーン車の位置も、食堂車の位置も、全く同じです。電車寝台『ゆうづる』として、上野に着いたあと、今度は、寝台を座席に直して、『はつかり』として、青森へ向かって、出発することがあるわけです。こちらは、昼間の特急ですから、食堂車は営業しています」

「なるほど。第二は何ですか？」

「第一の点は、便利というだけで、絶対の理由じゃありません。第二の理由のほうが、絶対的なものです。この583系電車に使われているサシ581という食堂車には、三相電源切換スイッチが設置されているんです。私も、電気のことはくわしくないので、うまく説明できないのですが、食堂車に、この設備がついてしまっているために、

５８３系電車の場合には、食堂車を外して連結すると、電気系統のトラブルが起きてしまうんです。それで、この食堂車を外したくても外せないのです。まあ、この５８３系電車を造った時には、長距離列車の場合は、必ず、食堂車が必要と考えていたんでしょうね。ところが、最近は、利用者が減ったうえに、食堂車で働こうという人が少なくなってしまって、休止が多くなってしまったんです」

「このサシ５８１という食堂車を見たいんですが」

十津川が頼むと、北野は、腕時計に眼をやって、

「今から上野へ行かれたら、『ゆうづる』１号を見られると思いますよ。上野駅には、私が連絡しておきます」

2

十津川と亀井は、東京駅から、山手線に乗った。

「カギは、食堂車ですか」

と、亀井は、眼を光らせた。

「『ゆうづる5号』は、無人の食堂車を引っ張って、深夜、走っていたんだ。他の乗

客は、眠ってしまっている。立花は、小寺万里子を、人のいない食堂車に誘い出して殺したんだ」

「しかし、問題がありますね」

「わかってるよ。問題は二つだ。立花は、列車が、阿武隈川にさしかかる前に殺している。だから、食堂車に、死体をかくす場所があるかどうかというのが第一点。いくら無人でも、車掌が見廻りに来るかもしれないから、死体を床に転がしておくわけにはいかないからね。第二点は、食堂車の窓が開くかどうかだ。もし開けば、阿武隈川鉄橋を通過中に死体を投げ落とせるからね。乗客が食事する場所の窓は開かないとわかっているが、私の期待するのは、調理場の窓さ。換気の必要があるから、窓が開くんじゃないかと思ってね」

「もう一つ、問題点があると思いますが」

「何だい？」

「休止している食堂車だと、走行中、閉鎖されてしまっているんじゃありませんか？」

「そんなことは、あり得ないよ。食堂車は、真ん中に連結されているんだ。閉鎖してしまったら、前後の車両の間の行き来が出来なくなってしまうよ」

十津川は、自信を持っていった。

二人が、上野に着いたのは、午後七時半近かった。

助役の一人が迎えに出ていてくれた。

午後七時五十分発の「ゆうづる１号」は、すでに、19番線に入っていた。

改札は、まだ始まっていないで、車内の清掃が行なわれている。

助役の案内で、十津川たちは、改札口を通った。

「ゆうづる１号」は、５号と全く同じ列車編成になっている。

真ん中に、サシ５８１型の食堂車が連結されていた。

助役が、車掌長に紹介し、二人は食堂車に入った。

テーブルが、片側五脚、合計、十脚並んでいる。

十津川たちは、真ん中の通路を通って、調理室に入ってみた。

狭いが、機能的に出来ている調理室である。

まず、大きな配膳台があり、その奥に、電気レンジ、流し台、冷蔵庫などが並んでいる。

しかし、十津川が、一番興味を持ったのは、一番奥に設けられた従業員専用のトイレだった。

「この中に入れておいたら、死体は、まず見つからないな」

と、十津川は、満足そうにいった。

無人の食堂車で、小寺万里子を殺したあと、この従業員専用のトイレにかくしておき、列車が、阿武隈川の鉄橋にかかるまで、待てばいいのだ。

「あとは、窓が開くかどうかですね」

と、亀井が、興奮した口調でいった。

調理室の流し台の前に、窓が四つ並んでいる。横に細長い窓である。

だが――

「開きませんよ。警部」

と、亀井が、がっかりした顔でいった。

十津川も、窓を調べてみた。

上下二段にわかれているように見えたので、開くと思ったのだが、下半分は、流し台の水がかからないように、アルミ板のカバーが出来るようになっているだけで、窓自体は、全く、開かないのである。

十津川の顔も、自然に、険《けわ》しくなった。

食堂車の窓が開かなければ、自動的に、立花のアリバイが成立してしまうのだ。

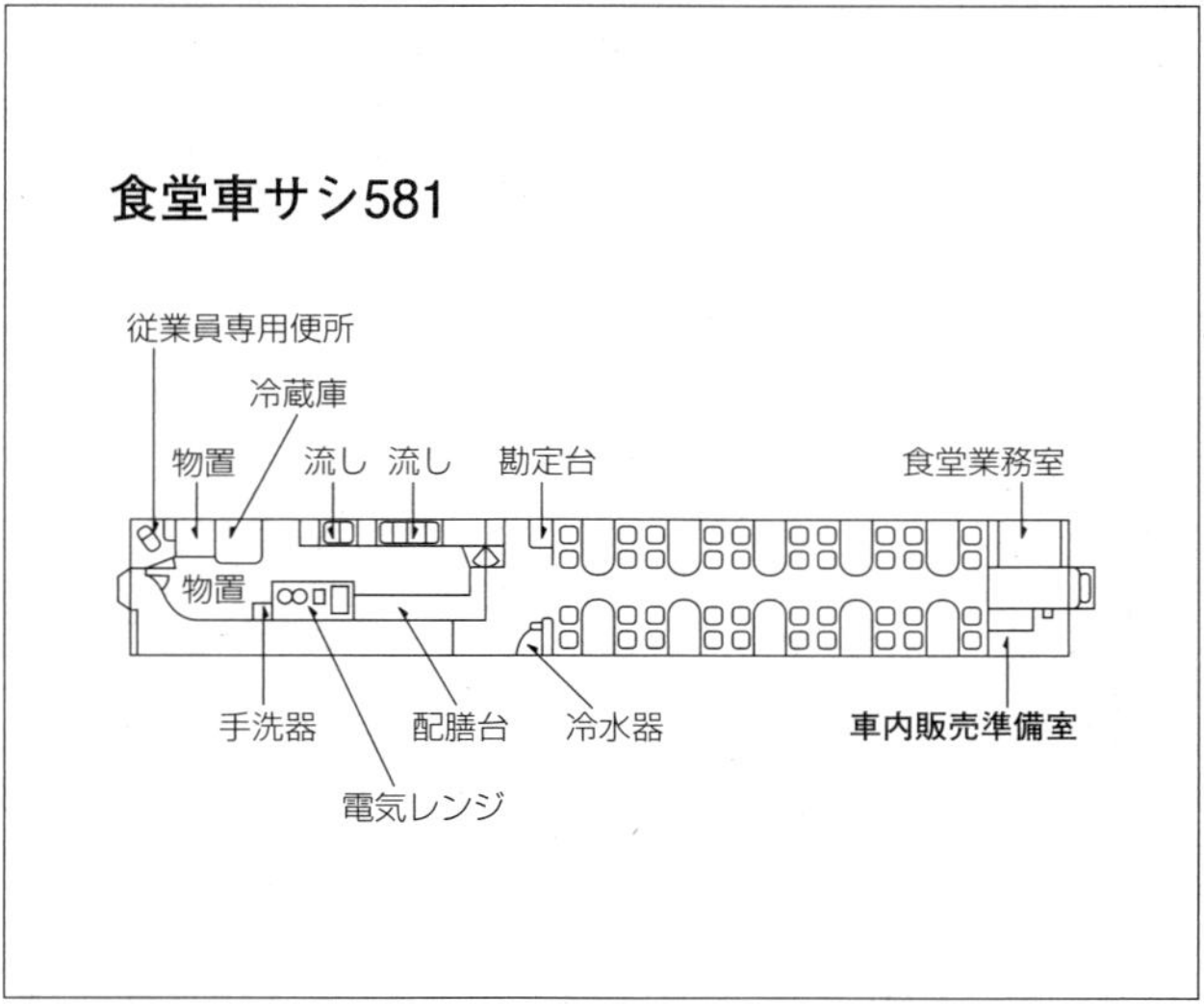
食堂車サシ581
従業員専用便所
冷蔵庫
物置
流し
流し
勘定台
食堂業務室
物置
手洗器
配膳台
冷水器
車内販売準備室
電気レンジ

「どうしました？」

車掌長が、調理室をのぞき込んで、きいた。

「ここの窓が開くと思ったんですがね」

十津川が、ぶぜんとした顔でいった。

「食堂車によっては、調理室の窓が半開きになるものもありますが、この食堂車は、開きませんよ」

「じゃあ、調理の時の排気はどうするんです？」

「天井にダクトがついていて、そこから、強制排気します。マンションの台所と同じですよ」

車掌長は、のんびりした声でいった。

天井のダクトでは、死体は、外へ出せない。

十津川たちが、がっかりしていると、車掌長は、呑気《のんき》に、

「窓が開かないと困るんですか？」

「そうです。この食堂車に、開く窓はありませんか？」

「そんなことなら、早くいってくださればいいのに。一つだけありますよ」

車掌長は、こともなげにいった。そのあっさりしたいい方に、十津川は、かえって、

信じられない顔になって、

「しかし、調理室の窓は開かないし、客室の窓は、当然、開かないでしょう？」

「そうですね」

「他に窓はないでしょう？　トイレの窓はさっき見ましたよ」

「こっちへ来てください。一つだけ、開く窓があるんです」

車掌長は、十津川たちを、調理室から出し、テーブルの間を通って、反対側の端へ連れて行った。

食堂車の端の片側が、かなり広い部屋になっていた。

「車内販売準備室です」

と、車掌長がいった。

中に入り、そこにある窓を開けてみせた。

小さな窓だが、スリムな小寺万里子なら、簡単に通り抜けるだろう。

「これでいいんですか？」

車掌長が、肩をすくめるようにしていった。

「いいんです。これで、二つの殺人事件の片方が解決しました」

と、十津川は、いった。

3

その時、改札が始まったらしく、どやどやと、列車に乗り込む気配《けはい》がした。

食堂車にも、七十歳近い老婆が入って来たが、十津川たちの姿を見て、あわてて、

「あっ、ごめんなさい」

と、出て行ったが、その時、手にした信玄袋《しんげんぶくろ》を落としていった。

亀井が、拾いあげて、老婆を追った。追いついて、老婆に渡して戻ってくると、十津川が、じっと天井を見つめていた。

「どうしたんですか？」

「今、第一の事件の謎が解けたよ」

「え？」

「今の婆さんがヒントを与えてくれたんだ。東京駅で、岡山から乗って来た田島が、『ひかり』の洗面台に忘れ物をしたと考えた。しかし、違うんだ。今の婆さんと同じように、東京駅に着いた『ひかり』に、ホームにいた人間が乗り込んで来て、グリーン車の洗面台に、わざと、財布や、名刺入れ、腕時計を置いて行ったんだ。あの『ひ

かり』が、岡山発だったものだから、岡山に出張していた田島が、この列車で帰京し、洗面台に置き忘れたと思ってしまったんだよ」

「すると、立花が、『ひかり』に乗り込んで？」

「そうさ。立花は、九日の午後十一時少し過ぎに、渋谷区笹塚のマンション工事現場で、田島を殺した。そのあと、田島の財布、腕時計、名刺入れを奪い、それを持って、タクシーで東京駅へ急いだ。深夜だから、都内の道路もすいている。三十分で着けば、一一時四六分着の問題のひかりに間に合うんだ。ホームで待っているところに、『ひかり』が到着する。立花は、混雑にまぎれて、車内に入り、グリーン車の洗面台に、わざと、三つの品物を置いて出て来たのさ」

「そのあと、有楽町のスナック『ポパイ』へ駆けつけたというわけですね」

「有楽町へは、タクシーでじゃなく、山手線か、京浜東北線を使ったろう。そのほうが早いからね。東京と有楽町は、たった一駅だ。時間の余裕は二十分足らずだが、十二時前に、有楽町の『ポパイ』に着いたと思う」

「じゃあ、田島久一郎は、岡山にはいなかったということですね？」

「田島は、七日から九日まで、岡山へ出張したが、七日一日しか仕事をしていない。八日、九日に、彼が泊まったホテルや旅館が見つからないということは、彼が、東京に帰ってしまっていたということじゃないかな。立花は、東京に帰っている田島を見つけて、九日の夜、殺したんだ。立花は、小寺万里子も殺そうと、東北の大地主の一人息子という触れ込みで、彼女に近づいていたはずだから、田島の動きは、彼女から聞いて知っていたんじゃないかね」

「現場にあった岡山名産の吉備だんごは、犯人の立花が、岡山まで行って買って来たんでしょうか？」

「東京駅にだって、全国の名産は売っているよ」

と、十津川は、笑った。

二人は、車掌長に礼をいって、改札口を出た。

「これで、立花に対して、逮捕状が貰えますね」

と、亀井がいった。

その立花は、多分、明日の朝、上野に着く列車で、東京に戻って来るだろう。

（あの男は、逮捕されるとわかっても、逃げはしないだろう）

「とうとう、降り出しましたね」

亀井が、小さくいった。

謎《なぞ》と絶望の東北本線

1

最初の手紙は、丁寧というより、哀願調のものだった。


〈伏してお願い申しあげます。

何卒《なにとぞ》、警察の力によって、彼女を探して下さい。彼女の名前は波多乃《はたの》かおり、二十七歳。身長百五十九センチ、体重五十キロ、色白、眼の大きな女です。

私一人では、この大都会の中で、彼女は見つけられません。それで警察にお願いするのです。今月の末までに、何とかして彼女を探し出して下さい。私は日本の警察の力を信用しております。詳しい事情を書けないのは申しわけありませんが、それは彼女が見つかった時に、お話し申しあげます。今月末になりましたら、連絡しますので、その時には私の喜ぶご返事が頂けることを願っております。

三月一日　　K〉

　この手紙は警視庁の和田《わだ》警視総監宛《あて》になっていた。もちろん警視総監が、直接、こんな手紙を読む筈《はず》がなく、受付から行方不明人の捜索を担当する部署に廻された。

　だが、そこが、波多乃かおりという女性を探すことはしなかった。手紙の主が、自分の名前をKとしか記さず、真剣なものかどうかも、不明だったからである。行方不明者は毎年、何千人と出ていたし、もっと切実な訴えが数多くあったからでもある。

　二度目の手紙は、一転して抗議調の文面になった。宛名は相変らず警視庁の和田警視総監宛である。


〈警察は国民のためにある筈ではなかったのですか？　私は、僅《わず》かではあるがきちんと税金を払い、国民の一人として恥しくない毎日を送っているつもりです。これまで警察のご厄介になったこともありません。

　その私が、初めて警察に頼むのだ。それも、行方のわからない女を一人、探して欲しいという、ささやかなお願いなのに、なぜ応《こた》えてくれないのですか？　彼女はこの東京の何処《どこ》かにいるに違いないのです。もう一度お願いする。彼女を見つけて下さい。特徴をもう一度書いておきます。波多乃かおり、二十七歳。身長百五十九センチ、体重五十キロ。色白で、眼の大きな女です。

わけがあって今は私の名前も住所も明らかに出来ませんが、彼女を幸せにしたいためであることは約束します。早く探し出さなければ、彼女が危険なのです。ぜひ今月末までに見つけて下さい。三十日に電話します。

K〉

そして三通目の手紙が、五月二日に届くことになる。同じく警視庁和田警視総監宛だったが、前の二通が行方不明人の捜索を担当する部署に廻されたのと違い、捜査一課に廻された。前二通のコピーを添えてである。

〈波多乃かおりを探せ。見つけ出せ。これは命令だ。

この命令に従わない場合は、東北本線を爆破する。これは単なる脅しではない。おれは必ず実行する。

彼女についてのデータはすでに知らせてある。それを参考にして探し出すのだ。十日までに探し出せなければ、まず警告のために小さな爆発を起こす。そして二十日までに見つけ出せなければ、その時は何人、いや何十人もの死傷者の出る爆発が起きる筈だ。その犠牲は納税者であるおれの頼みを無視した警察が招いたものだということになる。

彼女を見つけ出した場合は、五大紙の尋ね人欄に「カオリが見つかった。連絡されたし。K」の広告を出せ。

おれは怒っている。そのことを忘れるな。

K〉

2

本多《ほんだ》捜査一課長は、三通の手紙を十津川《とつがわ》に見せた。正確にいえば、一通と二通のコピーである。

「どう判断するかを私に委《まか》された」

と、本多は、いった。

「差出人が本気かどうかの判断ですか？」

十津川は、手紙に眼を落したままきいた。

「そうだ。本気と判断したら、何か手を打たなければならないよ」

「三通も手紙を書いている点、次第に怒りをあらわにしている点などを見る限り、いたずらとは思えませんね。このKという人物は、本気で波多乃かおりという女を探そうとしているんだと思います」

と、十津川は、いった。

「東北本線を爆破するというのも、本気だと思うかね？」

「その点は、何ともいえません。警察の対応に業《ごう》を煮やして、脅しに出ただけかも知れませんから」

「まあ、そんなところだろうね」

「三上《みかみ》刑事部長は、これをどう扱うつもりなんでしょうか」

「判断しかねているから、われわれの意見が欲しいんだろう。脅しに屈して、このケースだけ特別扱いして、波多乃かおりという女を探すわけにはいかない。それだけは、決まっているんだがね」

「それなら、無視すればいいんじゃありませんか？」

「確かにね。ただ、このKという人間が本気の場合が、問題でね。どんな対策を立てたらいいか、検討しろといわれている」

「波多乃かおりという女を探すことは、どうなんですか？」

と、十津川がきくと、本多は苦笑して、

「君だって、家出人や行方不明者の捜索がどんな状況か知っているだろう？　日本全国で二万人もの行方不明者がいるといわれているんだ。全警察官がこの仕事に専念したって、全員を見つけ出すなんてことはできない。まして、このKという人物は、正式に捜索願を出しているわけじゃないんだ。もし、脅かせば、警察が優先的に探してくれるとなったら、おかしなことになってしまう」

「同感です」

と、十津川は、肯《うなず》いた。

「君が、このままでは危険だと判断したら、少し調べてみようかと思っていたんだがね」

「危険人物かも知れませんが、今のところ、何も起きていませんから、判断のしようがありません。今も申し上げたように、このKという人間が、本気で波多乃かおりという女を探していることは、間違いないと思いますが」

結局、三通目の手紙も、無視することに決まった。もちろん、マスコミが取りあげることもなかった。

ただ、十津川の記憶の中に、小さな不安として残ったことは否定できない。

本多から話のあった翌日、五月三日。連休初日の午前六時過ぎに、若い女の惨殺体《ざんさつたい》が発見され、十津川はこの殺人事件の捜査に当ることになった。

現場は、池袋西口のビルとビルの間の路地である。

女の死体は、発見された時、雨に濡《ぬ》れていた。梅雨《つゆ》の走りのようなじめじめした雨が、昨夕から降り続いているのである。

女は、首を絞められ、俯《うつぶ》せに倒れていた。ミニスカートがめくれあがり、黒いレースのショーツがのぞいている。

シャネルの黒いハンドバッグが、三メートルほど離れた場所に転がっていて、中にあった財布は空《から》になっていた。

十津川は、そのハンドバッグの中から、カルティエの名刺入れに入った数枚の名刺を見つけ出した。

〈池袋ローズマリー　ゆみこ〉

名刺は全《すべ》て同じで、「ローズマリー」という店の電話番号も印刷されている。

「それ、ソープランドですよ」

と、横から亀井《かめい》刑事がのぞき込んで、いった。

「カメさん、行ったことがあるのかね？」

と、十津川がきくと、亀井は苦笑して、

「あそこに、看板が出ています」

と、指さした。なるほど、路地の奥に矢印つきの看板が出ていて、「貴男《あなた》を夢の園へご案内します　ソープの中のソープ　ローズマリー」と、書かれてあった。

「貴男なんて言葉が、こんなところに生きていたんだなあ」

と、十津川は呟《つぶや》き、亀井とその矢印に従って歩いて行った。

ソープランドが三店、それに、スナックやバーなどが並んでいる一角があったが、どの店も早朝の今はネオンを消し、入口が閉まって、ひっそりと静まり返っていた。

「ローズマリー」という店も、その中にあったが、他の店と同じく、人の気配はない。

「出なおした方がいいようだな」

と、十津川は、いった。

その間に、死体は解剖のために大学病院に運ばれていた。

捜査本部が、池袋署に置かれた。十津川は、夜になってからソープランド「ローズマリー」に行こうと思っていたのだが、ニュースで知ったといって、店の支配人が駆けつけて来た。

田崎《たざき》という四十代の男で、彼は死体を見て、店で働いていたゆみこに間違いないといった。

田崎は、持参した彼女の履歴書を、十津川に見せた。

本名は、井上弓子《いのうえゆみこ》。宮城県石巻《いしのまき》市の生れで、二十八歳。地元の高校を中退したあと、上京している。品川の中小企業に事務員として勤めたり、喫茶店のウエイトレスなどをしたあと、三年前から、「ローズマリー」で働いていた。

「仕事熱心ないい娘《こ》でしたよ。うちの店では、ナンバー3の中に、常に入っていましたね」

と、田崎は、いう。

「すると、収入も、かなりのものがあったというわけですね?」

十津川が、きいた。

「ええ。貯金も、一千万円近かったと、聞いたことがあります」

「男関係は?」

と、亀井がきくと、田崎は眉《まゆ》を寄せて、

「ニュースは、金目当ての行きずりの犯行ということでしたが」

「そう見せかけているのかも知れません」

と、十津川が、いった。

「なるほど。彼女目当ての常連客もいましたが、特定の男とつき合っているという話は聞いていませんね」

「いつも財布には、いくらぐらいの金を入れていたんでしょうか？」

「多いですよ。二、三十万円は入れていたと思います」

「昨日も、店は開いていたわけでしょう？」

「うちは、年中無休ですから」

「彼女は、何時に、店を出たんですか？」

「午前二時に店が閉まってからですから、二時十五、六分じゃありませんかね」

「彼女の住いは、何処ですか？」

「東上線の下赤塚のマンションです」

「もちろん、電車はもうないから、タクシーで帰るつもりだったんでしょうね？」

「ええ。自分の車を持っている娘《こ》もいるし、タクシーで帰る娘もいるし、男がいて、車で迎えに来て貰《もら》うのもいますが、彼女はいつも、タクシーを使っていたようですね」

「それなのに、なぜ、あの狭い路地で、死んでいたんですかね」

「わかりません。ただ、店の前の通りは狭くて、タクシーが入って来ないので、大通りまで歩いて行って拾うんですよ。その途中で、襲われたのかも知れません。前にも、うちの娘が襲われましてね。幸い、その時は、怪我《けが》だけですんだんですが」

と、田崎は、いう。

解剖結果も、死亡推定時刻が午前二時から三時の間ということで、店を出たあと、すぐ襲われ、殺されたことを裏付けた。

念のため、常連の男たちや、彼女とつき合いのあった男たちを調べてみたが、いずれも、アリバイが成立した。

二日後の五月五日、捜査本部に速達の手紙が届いた。ワープロで打たれたもので、同じものが、各新聞社にも送りつけられていたのである。

〈ソープランドの女を殺したのは、おれだ。故郷を捨てるような女は、みんな殺してやる。次はお前の番だ。思い当る女は覚悟しておけ〉

当然、新聞社は、その手紙を、社会面にのせた。

大きく扱った新聞もあれば、小さな記事ですませた新聞もある。テレビも、取りあげた。マスコミは、どれも、興味本位の扱いだが、十津川たちは、そうはいかなかった。

その手紙の主が、井上弓子を殺した犯人なら、第二、第三の殺人が起きる可能性があったからである。

二回目の捜査会議でも、当然、そのことが問題となった。捜査本部長の三上から、意見を聞かれた十津川は、慎重に、

「今の段階では、何ともいえません。犯人が書いたものかも知れませんし、事件に便乗して、世間を騒がせたいだけの人間かも知れません」

「しかし、これが犯人の書いたものなら、また女が殺されるぞ」

と、三上本部長は、いった。

その言葉はすぐ、現実のものになった。

五月八日の夜、今度は新宿西口の中央公園で、ファッション・ヘルス「ピンク・ドール」のホステスが、死体で発見されたからである。

二十六歳の久保治子《くぼはるこ》、店での名前は、ヒロミだった。生れたのは石川県の輪島である。第一の殺人と同じように、首を絞められ、財布から現金が抜き取られていた。

そして、二日後の十日の昼過ぎ、捜査本部に、ワープロの手紙が速達で届いた。
〈おれは、また殺した。反省のない女は、殺すしかない。次は、お前だ。お前だぞ〉
署名も、差出人の名前もない手紙である。
「危惧《きぐ》していたとおりになったじゃないか」
と、その日の捜査会議で、三上本部長が、十津川の責任みたいにいった。
十津川は、黙って肯いた。いまだに容疑者を見つけられずにいたからである。
会議の途中で、宇都宮駅のトイレで爆発事故があったという報告が飛び込んできた。

3

十津川は、とっさに、忘れていた三通の手紙のことを思い出した。
(今日は十日なんだ)
と、思った。
Kという署名の、三通目の手紙には、確か、十日までに波多乃かおりという女を見つけ出してくれなければ、警告のために小さな爆発を起こすと、書かれていた筈《はず》である。

十津川は、本多一課長のところへ、飛んで行った。課長も、机の上に三通の手紙を並べて見ていたが、十津川を見ると、

「こいつは、どうやら本気だったようだな」

と、いった。

「二十日までに見つけてくれないと、今度は、何人、何十人の死傷者が出るようなことになると、書いていますす」

「実行すると、思うかね？」

「多分、やりますね」

「この手紙三通はファックスで栃木県警に送ることにするが、問題は、波多乃かおりという女だね」

「爆発を防ぐためには、探さざるを得ないでしょう。それに、この女に会えば、Kが何者かわかると思います」

と、十津川は、いった。

「そうだが、君は今、連続殺人で手一杯だし、大げさにはしたくない。波多乃かおり

を探すためのチームでも作ったら、たちまちマスコミに感付かれてしまうからね。それで田中《たなか》刑事と北条早苗《ほうじょうさなえ》刑事の二人に、やって貰おうと思っている」

「北条君ですか」

「ああ。探す相手が女だからね。こちらも、一人は女の方がいいと思ってね」

と、本多は、いった。

「彼女なら、安心して委《まか》せられます」

「二人に、私のところへ来るように、伝えてくれ」

と、本多は、いった。

十津川が戻って、二人に伝えると、亀井が、

「波多乃かおり探しですか？」

と、声をかけてきた。

「ああ。課長は、内密で探させるつもりのようだ」

「しかし、大変ですよ。わかっているのは、年齢と名前だけでしょう。百五十九センチ、五十キロという女の人なんか、もっともありふれたサイズだし、色白で眼が大きいというのは、Kという人間の主観ですからねえ」

と、亀井が、いった。

確かに、亀井のいう通りだと思った。この大都会の中で、一人の女を見つけ出すのは、大変な仕事だった。

（だが、二十日までに見つからないと、Ｋは本当に、大仕掛けな爆破をやるに違いない）

田中と北条早苗の二人に、頑張って貰うより仕方がなかった。

第一、肝心の連続殺人の方が、壁にぶつかってしまっている。

二つの殺人について、十津川は現場周辺の聞き込みに全力を尽くしたが、二件とも深夜のため、目撃者が見つからないのである。

犯人が書いたと思われるワープロの手紙についても、犯人を特定することができないでいた。

ワープロの機種はわかったが、それで犯人に迫るには、売れている台数が多すぎた。

十津川は、焦燥にかられ、不安に襲われた。犯人が、第三の殺人に走る恐れがあったからである。

五月十三日。小雨が降る中で、恐れていた三人目の犠牲者が出てしまった。

早朝の午前五時三十分。浅草寺《せんそうじ》の境内《けいだい》で、十津川は、若い女の死体を見下ろしていた。

首を絞められ、俯《うつぶ》せに横たわっている死体だった。第一の殺人と同じように、ミニスカートがまくれあがって、派手なショーツがのぞいている。

十津川は、傍《そば》に転がっているハンドバッグを拾いあげた。予想した通り、財布の中身は、抜き取られていた。

ハンドバッグには、他に、口紅、ハンカチ、キーホルダー、コンドーム、胃腸薬などが入っている。その下から、運転免許証が見つかった。

これで、身元がわかるなと思った。眼を近づけて、ふいに、十津川の顔色が、変った。

〈波多乃かおり〉

と、その免許証に、書かれてあったからだった。

何か、背筋を冷たいものが走る感じがした。

「カメさん」

と、十津川は亀井を呼び、少し離れた場所に連れて行って、免許証を黙って見せた。

亀井の顔色も、変った。

「例の波多乃かおりでしょうか？」

「めったにない名前だし、年齢も二十七歳だ。それに、背丈は百六十センチぐらい、体重も五十キロ前後だろう」

「まずいですね」

と、亀井が、いった。

「Kがどう思うかだね。警察が早く見つけてくれないから、殺されてしまったんだと思ったら、二十日を待たずに東北本線を爆破するかも知れない」

と、十津川も、いった。

「あの手紙の語調からみて、やりますよ」

「やるだろうね」

「どうしますか？」

「まさか、この殺人を、無かったことにはできないしね」

「それは、駄目ですよ。発見したのが、仲見世《なかみせ》の店主ですから。新聞に出なければ、おかしいと思います」

と、亀井が、いった。

「しばらく、身元不明にしておくか」

「それで、通りますか？」

「三日、いや、二日は何とか、身元不明で通せるんじゃないかね」

「なぜ、二日ですか？」

「今まで、死体が見つかって、二日目に、例のワープロの手紙が届いている。犯人からのだよ。犯人が被害者の身元を知っている可能性が強いからね。そこからマスコミにばれる恐れがある」

「なるほど」

「だから、二日間だ。その二日間に波多乃かおりという女を調べて、Kに辿《たど》りつきたい。Kの正体がわかれば、東北本線を爆破される前に、押さえることができるんじゃないか。そうなることを願っているんだがね」

と、十津川は、いった。

もちろん、十津川の一存で決められることではなかったから、三上本部長に相談した。

慎重派の本部長は、不安気に、

「隠して、上手《うま》くいくのかね？」

と、逆に、質問した。

「上手くいくようにしなければなりません。やる以上は」

「あとで、問題になるだろう？」

「なりますね。しかし、爆破を防ぐために、やむを得ない措置だったということで、了解はしてくれると思います」

と、十津川は、いった。

「しかし、それも、万事上手くいった時のことだろう？」

「そうです」

「今日中に、記者会見をやらなければならないんだが、その時、どう説明したらいいのかね？」

「連続殺人の三人目の犠牲者であることは、間違いありません。ただ、身元は、不明ということにしておきたいのです」

「過去の二件は、水商売の女だった。今度の波多乃かおりは、どうなんだ？」

「同じだと思います。今、西本刑事と日下《くさか》刑事が、彼女の住所である根岸へ行っていますから、はっきりしたことがわかると思っていますが」

「君は、二日間といったね？」

「はい」

「二日間、身元がわからずにいると思うかね？　われわれが伏せておいても、マスコミが、すぐ見つけ出すと思わないかね？　過去二つの事件では、被害者の女は、近くのソープランドと、ファッション・ヘルスで働いていた。となると、今度の波多乃かおりも、近くで働いていた可能性が強いんだろう？」

「そうです。多分、吉原《よしわら》のソープランドあたりで働いていたと思います」

「それなら、記者さんたちも同じように考えて、調べて廻るんじゃないかね。何しろ、若い女ばかりの連続殺人で、必死に、他紙を抜こうとするだろうからね。今日中にも、身元がわかってしまうかも知れんよ」

と、三上は、いった。

十津川は、肯《うなず》いて、

「それでも、私としては、時間を稼ぎたいんです。Kという人物は、手紙の中で、二十日までに見つからなければ爆破すると書いていますが、波多乃かおりが殺されたと知った瞬間に、爆破するのではないかと思っているのです。Kについて、何の知識もないと、それを防ぐことが、不可能です。Kが、爆破に取りかかるまでの間に、少しでもいいから、Kのことを知りたいわけです」

「明日、Kが、東北本線を爆破するといったら、防ぎようがないかね？」

三上は、難しい顔で、十津川にきいた。

「正直にいって、自信は全くありません。東北本線は、上野から青森まで、大変な長さですし、狙《ねら》うのが、駅か、列車か、或《ある》いはトンネルか、橋かも、不明です。新幹線なら駅は少数ですが、在来線の駅は、沢山あります。相手の出方が不明では、その全《すべ》てを守れません」

と、十津川は、いった。

「Kのことが、少しでもわかれば、防ぎようがあるかね？」

「完全に防げるとはいいませんが、何とか、Kと戦えるとは思っています」

と、十津川は、いった。

「わかった。今日の記者会見では、身元不明と発表しておこう」

三上は、そういってくれた。

「ありがとうございます。私は、Kのことを一刻も早く知りたいので、記者会見には欠席します。これからは、時間との戦いになりそうですから」

と、十津川は、いった。

4

十津川が捜査本部に戻ってすぐ、西本刑事から電話が入った。

「彼女の働いていた店が、わかりました。吉原のソープランド、店の名前は、『ハーレム・ワン』ですね。アルバムに、その店の前で撮った写真がありました」

「免許証の本籍は、青森市になっているんだが、青森から届いた手紙があったかね？」

と、十津川は、きいた。

「何通かありました。部屋にある写真と手紙は、全部持ち帰ります」

「新聞記者さんの姿は？」

「見えません」

「気付かれないように、戻って来てくれ」

と、十津川は、いった。

西本と日下の二人が戻ってくると、十津川は奥へ連れて行き、衝立《ついたて》のかげで、亀井と報告を聞くことにした。

机の上に、手紙と写真が、並べられた。
十津川がまず注目したのは、青森から届いている三通の手紙だった。
こちらの住所は、根岸にはなっていないし、四年から、五年前の消印になっている。
彼女が前に住んでいた赤羽時代に届いた手紙である。
本籍と同じ場所から届いた手紙は、母親からのものだった。

〈かおりさん。元気ですか？　たまには手紙か電話を下さい。ゆきも心配しています。来月の七日は、お父さんの命日だから、ぜひ、一度、帰って来て下さいよ。いろいろと、聞きたいこともあるしね。
母〉

この手紙の中にある「ゆき」というのは、被害者の妹らしく、彼女からのハガキもあった。住所は青森県の弘前《ひろさき》市で、姓が波多乃ではなく青木《あおき》になっているのは、結婚しているのだろう。

〈姉さん、元気？　私も何とか元気にやっています。母さんが、いつも心配しているので、電話してあげて。お願いします。

ゆき〉

三通目は、石田美津子《いしだみつこ》という女からの手紙だった。

〈昨日、S高の同窓会があって、十四人が集ったわ。男の子たちから、あなたのことをずいぶん聞かれたわ。あの頃、あなたは、男の生徒に人気があったから。みんな、あなたの消息を知りたがっているわよ。来年の三月にまた同窓会があるから、今度はあなたも出席して欲しいわ。中退だからと遠慮しているのなら、そんな遠慮は無用だわ。来年の同窓会は、東京に出ている加東哲二《かとうてつじ》クンが、通知を出すことに決まったから、返事をしてあげてね。

美津子〉

P.S.

あなたの親友のみどりが、結婚したわよ。

写真は、五十枚ほどあった。二十七歳の女にしては、少ない方だろう。問題は、この中に、Kがいるかどうかということだった。

十津川は、Kを、何となく中年の男と思っていた。三通の手紙を読み返していると、そんな感じなのである。もちろん、二十代の若い男かも知れないし、女のケースだってあり得るのだ。

写真は、一枚ずつ丁寧に見ていったが、そこに写っているどの人間が、Kなのか、怪しいのか、判断がつかなかった。

波多乃かおり探しに歩いていた田中と北条早苗の二人も、彼女が殺されてしまった今は、自然に十津川の下に入ってきた。

十津川は、その一人、北条早苗を呼んで、

「すぐ、青森へ飛んでくれ」

と、いった。青森県警に電話で頼んでもいいのだが、どこで秘密が洩《も》れるかわからなかったからである。

「波多乃かおりの母親と、弘前の妹、それに高校時代の仲間に会って、彼女について、聞き込みをやって欲しい」

「わかりましたが、彼女が殺されたことを、話していいんでしょうか?」

と、早苗が、きく。

「いや、それは駄目だ。どこでKとぶつかるかわからないからね。刑事であることも内緒にして、話を聞いて来て欲しい」

「では、彼女の友だちということで、行って来ますわ」

「友人という証拠に、これを持って行ったらいい」

と、十津川はいい、西本たちが波多乃かおりのマンションから持って来た普通預金の通帳を、早苗に渡した。残高は五百六十万円余りだった。

「こんなものを私が持ち歩いていいんでしょうか?」

早苗が、当惑した顔で、きく。

「印鑑を別にしてあるから、誰にもおろせないよ。君は、友だちの波多乃かおりがこれを自分に預けて、姿を消してしまったので、困っているといったらいい。母親には、それを渡してしまっても構わない。当人が死ねば、彼女は結婚していないようだから、遺産は母親に行く筈《はず》だからね」

と、十津川は、いった。

北条早苗は、預金通帳と波多乃かおり宛の母親と妹の手紙を持って、一一時三〇分羽田発青森行の飛行機に乗るために、捜査本部を飛び出して行った。午後一時前に青森に着く筈である。

午後一時に、こちらでは記者会見が行われた。

その時刻、十津川は、亀井と、捜査本部を抜け出して、根岸にある波多乃かおりのマンションに出かけた。

十階建ての最上階に、彼女の部屋がある。１ＬＤＫだが、かなり広い。リビングルームが二十畳以上あるからだ。

角部屋で、窓を開けると、視界が広がる。

「この方向が、上野ですね」

と、亀井が、窓から見える方向を指さした。

「よくわかるね。上野駅は見えないのに」

「私も東北生れで、上京してしばらくは、アパートの窓から、いつも上野の方を見ていました。上野を通して、故郷の方向を見ていたのかも知れません」

「波多乃かおりも、そうだったのかな？」

「そうだと思いますよ」

「しかし、彼女は、母親にも妹にも、このマンションは教えてなかったみたいだがね。手紙は、前の住所のところに着いたものしか、見つからなかったからね」

「赤羽です」

「ああ、そうだ」

「赤羽も、この根岸も、上野の近くです。彼女は、理由はわかりませんが、母親からも妹からも、身を隠していた——」

「Kという人物からもだ」

「ええ。それなのに、上野のまわりを、動いているんですよ。きっと、上野から遠く離れると、二度と故郷へ帰れなくなるような不安を、感じていたんじゃありませんかねえ」

と、亀井は、いった。

「東京生れの私には、わからないが」

「特に、東北生れの人間は、そうなんじゃないでしょうか。今は飛行機で帰る人間もいますが、それでもやはり、上野が故郷への入口の感じなんです。羽田には、その感じがうすいんですよ」

「すると、波多乃かおりは、故郷を捨てようとしたのに、捨て切れなかったということなのかな」

と、十津川は、いった。

「それにしても、不自由な捜査ですねえ」

と、亀井は、溜息《ためいき》をついて、

「ソープの仲間に会って話を聞けば、最近の彼女について、何かわかると思うんですが、それができない」

「ここの管理人に話を聞くのも、まずいんだ」

と、十津川は、いった。

二人は、部屋の中を調べて廻った。すでに西本と日下の二人が調べていたし、手紙や写真などは持ち出しているのだが、Kについての手掛りが残っていないかと、思ったのである。

だが、何も見つからない。

「ありませんねえ」

と、亀井が、溜息をつく。

「ああ」

と、十津川が肯いた。が、その生返事に、亀井が、

「何を考えていらっしゃるんですか？」

「波多乃かおりの死体のことさ。ぜいたくな服装だった。シャネルの服、ハンドバッグもシャネル」

「そうです。月に二百万、三百万と稼いでいたんでしょうから、身を飾るものに、金

を使っていたんだと思いますよ」

「だがね、腕時計は日本製のデジタルで、一万二千円のものだった。それも、男物だったよ」

「ええ。ただ時計としては、宝石のついたものより正確ですが」

「それは、そうだがねえ。ソープランドの女に、秒単位の正確さが必要なんだろうか？」

と、十津川はいい、急に部屋の電話で捜査本部に連絡をとり、西本刑事に、問題の腕時計を持ってくるようにいった。

西本が持ってくると、それをテーブルの上に置いた。

「この時計には、いろいろな機能がついている。アラーム、世界の時計、それにアドレスブックの代りになる」

「名前、住所、電話番号を、何人分も覚えさせることが出来るんですね」

「被害者が記憶させていたとすると、その中にKがいるかも知れないよ」

と、十津川は、いった。

ボタンを押していくと、次々に、名前と住所、電話番号が現われた。全部で、十二名。全《すべ》て男の名前である。十津川たちは、それを三人で分担して、手帳に書き留めていった。

「多分、これはほとんど、常連の客の名前だと思いますね」

と、亀井が、いった。

亀井の言葉は、当っているだろう。それでも、三人は分担して、十二名の男に電話をかけてみた。

大会社の部長だったり、中小企業の旦那《だんな》だったりしたが、その中で、十津川が興味を持ったのは、堀内卓也《ほりうちたくや》という男だった。その男が、ひとりで私立探偵をやっていると、わかったからである。

十津川は、ひとりで、サングラスをかけて、この男に会いに出かけた。

神田の雑居ビルの中に、堀内は事務所を持っていた。二十歳ぐらいの若い女が受付にいるだけである。

「波多乃かおりという女を、知っているね？」

と、十津川はわざと、高飛車《たかびしや》に出た。

「あんたは？」

と、堀内は、きく。

「S組の井上だよ。あの女に金を貸してたのに、逃げやがった。五百万だ。あんたがかくまってるんじゃないだろうな？」

十津川は、実在の暴力団の名前を出して、相手を脅した。

「なんで、私が？」

「あの女の手帳に、お前さんの名前があったからだよ」

「私は、ただ、仕事で——」

と、堀内が、青い顔でいう。

「仕事？」

「そうですよ。波多乃かおりさんとは、お客として会っただけですよ」

「信じられねえな」

「本当ですよ。見て下さい」

と、堀内はいい、調査依頼書を持ち出して、十津川の前に置いた。

依頼のところに、なるほど、波多乃かおりの名前が書かれてある。そして、依頼事項には、次の文言があった。

〈黒井某についての調査〉

「何だ？　これは」

　と、十津川は、堀内を睨《にら》んだ。

「それが、妙な調査依頼でしてね。男を一人、見つけてくれという依頼だったんです。姓は黒井だが、名前の方はわからない。年齢は四十歳から四十五歳。身長は、百八十センチくらい。痩《や》せている。青森市内の生れと思われるが、違うかもしれない。どうも、あやふやなことばかりなんですが、それで、この男を探して欲しいといわれたんですよ」

「いつだ？」

「去年の十二月です」

「それで、見つけたのか？」

「見つかるわけがないじゃありませんか。フルネームはわからないんだし、あとのデータだって、全てあやふやですからね。結局、見つからないで、終りましたよ」

「その後も、探してたんじゃないのか？」

「今年になって、先月でしたかね、突然、もう一度探してくれといって、二十万円置いていったんですがねえ」

「それで、もう一度、黒井某を探したか？」

「ええ。仕事ですから」

「だが、見つからなかった？」

「何しろ、データが――」

と、いいかける堀内の胸倉を、十津川はいきなり締めあげて、

「嘘《うそ》をつくなよ！　金だけ頂いて、何もしなかったんじゃねえのか？　そうなんだろうが」

「すいません。少しは調べたんですが、どうせ見つからないと思って――」

「この男についての資料を、全部よこせ！」

と、十津川は、いった。

堀内は、キャビネットから大きな紙袋を取り出して来て、十津川の前においた。

「これに、全部、入ってます」

「いいか。正直にいえよ。あの女は、なぜ、この黒井という男を、見つけ出したがってるんだ？」

「それは、何度も聞いたんですが、いいませんでしたよ」

「見つけたら、連れて来てくれと、いってたのか？」

「いいえ。どこで、何しているかわかったら、そっと知らせてくれといってました」

と、堀内は、いった。

5

波多乃かおりが、私立探偵に依頼して探していた黒井という男が、Kなのだろうか？

イニシャルは、Kにはなる。だが、断定は難しかった。

堀内から預かって来た資料に眼を通すと、彼の苦心もわかる気がした。フルネームがわかれば、東京の電話帳に当れるのだが、黒井だけではそれができない。何しろ、一千万人が住む大都会である。黒井という姓だけでも、一人ずつ当るには多すぎる。

そこで、堀内は、青森市の電話帳で、当っていた。向うの人口は、二十八万だから だろう。黒井の姓は意外に少なくて、十二人。その中から、四十代の男を選び出した。

黒井　均《ひとし》　　四十一歳
黒井　一朗《いちろう》　四十六歳
黒井　邦夫《くにお》　四十八歳

ここで、堀内の調査は終っている。この先、どうしたらいいかわからなかったのか。それとも、わざと調査を中止して、波多乃かおりから、もっと金を引き出そうと考えたのか。いずれにしろ、この三人の中に、Kがいるかどうか、わからないのだ。

午後五時を過ぎて、青森から、北条早苗刑事が、電話してきた。

「彼女の母親に会って来ました。名前は、良子《りょうこ》。五十一歳で、ひとりでJR青森駅近くで、土産物屋《みやげもの》をやっています」

「それで、何かわかったかね？」

と、十津川は、きいた。

「問題のKにつながるかどうかわかりませんが、わかったことをお伝えします。波多乃かおりですが、去年までは、時々、連絡がとれていたと、母親はいっています。赤羽のマンションに電話して話をしたこともあるというんです。それが、去年の暮れから、突然、行方がわからなくなって、連絡がとれなくなったんだそうです」

「去年の暮れか」

「はい。今年の正月には、何年ぶりかに、青森へ帰って来るといっていて、母親はそれを楽しみにしていたのに、暮れになって、突然、消息が消えてしまったと、悲しそうにいっていましたわ」

と、早苗は、いった。

(その頃、波多乃かおりは、私立探偵に、黒井某を探させている)

と、十津川は、思った。

そして、今年の三月になると、Kが警視庁に投書して来て、波多乃かおりを探してくれといった。

全てが、関係しているのだろうか?

「今日中に弘前に行って、彼女の妹に会おうと思います」

と、早苗が、いった。

「その前に、青森市内で調べて貰《もら》いたいことがある」

と、十津川はいい、黒井均、黒井一朗、黒井邦夫の三人の名前を伝えた。

「この三人の何を調べるんですか?」

と、早苗が、きく。

「三人は、青森市の電話帳にのっている筈だ。この中に、今、東京に出て来ている人間がいるか、或《あ》いは、しばしば上京している男がいるか、調べて貰いたいんだよ。例の三通の手紙の消印は、いずれも東京中央になっているからね」

「すると、この中にKがいるんですか？」

電話の向うで、北条早苗刑事の声が、急に甲高《かんだか》くなった。

「わからないが、あくまでも内密にやって欲しい。間違っても、直接本人に当るなんてことはするなよ。そいつが、Kかも知れないからね」

と、十津川は、釘《くぎ》を刺した。

電話が終ると、十津川は西本を振り返って、

「波多乃かおりのマンションから持って来た手紙の中に、差出人が黒井というのは無かったかね？」

「ありません」

と、西本は、あっさりいった。十津川は、別に失望もしなかった。もしあれば、波多乃かおりが、私立探偵社への調査依頼に黒井某とは書かなかったろうからである。フルネームを書くだろう。

夜半近くなって、北条刑事から二度目の連絡が入った。

「今、青森市内のホテルです。弘前には行けませんでした。例の三人ですが、この中《うち》、二人が、今東京に行っていますわ」

「二人かね」

「黒井均と、黒井邦夫です」

「何をしている男か、わかるか？」

「電話帳には、黒井均は飲食業、邦夫の方は、コンサルタントとなっています。東京で何をしているかは、わかりません」

「できれば、この二人の東京の住所と、東京で何をしているか、それに写真も欲しいんだが――」

「明日、何とかして調べますが」

と、早苗が、いう。十津川は、そうしてくれといいかけて、

「いや、今は、無理はしない方がいい」

「それでは、明日は弘前へ行きまして――」

「もう、妹には会わなくていいよ。君は青森市内にとどまって、無理をしない範囲で、二人の黒井のことを調べてくれればいい。それから、私といつでも連絡がとれるようにしておいて欲しい」

と、十津川は、いった。

翌十四日。久しぶりに、初夏らしい晴れた日になった。

十津川は、緊張して、朝刊に眼を通した。が、身元がわかったというニュースは載

っていなかった。

それにほっとしていると、昼過ぎになって、吉原のソープランド「ハーレム・ワン」のマネージャーが、捜査本部にやって来た。川中広志《かわなかひろし》という名刺をくれてから、昨日浅草寺の境内で見つかった死体は、自分の店で働く女らしいと、いうのである。

「死体を見ればわかります」

と、いうのだ。

十津川は、困惑した。向うは、身元の確認に来たのだから、喜んで迎えられると、確信している。忙しいのだが、市民の義務として警察に協力しに来たのだという気持が、表情に表われている。

「ご協力はありがたいのですが、実は今、母親だという人が来ていましてね。身元の確認ができそうなんですよ」

と、十津川は、とっさに嘘《うそ》をついた。

川中は、がっかりした表情になって、

「私は、てっきり、うちで働いている女の子だと思ったんですがねえ」

「もし、今来ている母親で身元がわからなければ、その時お願いに行きます」

と、十津川はいい、引き取って貰った。

十津川は、冷汗をかきながら、亀井を振り返って、

「この分だと、よくて明日一杯だね」

「そうですね。マスコミにも気付かれますね」

と、亀井も、いった。

「君も、青森へ飛んでくれないか」

と、十津川は、いった。

「黒井均か、黒井邦夫のどちらかが、Kだと思われるわけですか？」

「自信はないよ。ただ、どちらかなら、何とかKと戦えるんじゃないかと思っているだけだ」

「わかりました。北条君と一緒に、この二人のことを調べてみます」

「頼むよ。彼女を助けてやってくれ」

と、十津川は、いった。

亀井が出かけて行ったあと、十津川は煙草《たばこ》に火をつけて、考え込んだ。

亀井には、明日一杯は何とかといったが、恐らくもっと早く、被害者の身元がわかってしまうだろう。十津川は、覚悟していた。さっきやって来たソープランド「ハーレム・ワン」のマネージャーは、マスコミの人間にも、自分の店の女の子によく似て

いると、いっているに違いないのである。

(明日の夕刊には、出てしまうな)

と、思った。それは、覚悟しておく必要があるだろう。

午後四時には、亀井から、青森に着いたという電話連絡が入った。

「これから、北条君に会い、一緒に聞き込みをやります」

と、亀井はいってから、

「そちらは、いつまで持ち堪《こた》えられそうですか?」

「いいところ、明日の午前中までだろうね」

「明日の昼までですか。厳しいですね。犯人からの手紙は、まだ来ませんか?」

「犯行声明は、まだ届いていないよ」

「前の二通は速達で来ていますから、今日中には届くんじゃありませんか?」

「ああ、その筈だ」

と、十津川はいい、電話が終ると、若い刑事に、郵便物のことを聞いてみた。だが、まだ何も届いていないという。時間からみて、今日の配達は、もう終りである。

(遅いな)

と、思った。犯人が出し遅れているのか、それとも、犯行声明が面倒くさくなって、止《や》めてしまったのか。

夜半近くなって、亀井から二度目の電話が入った。

「あれから北条君と手分けして、二人の黒井について調べました。問題があるのは、コンサルタントの黒井邦夫の方だと思います」

「なぜだい？　カメさん」

「市内で、大衆食堂をやっている黒井均の方ですが、奥さんと五歳の子供がいまして、黒井は金ぐりのために、東京へ行っていることがわかりました。最近の不況で、なかなか金ぐりがつかずに、帰っていないということですが」

「黒井邦夫の方は？」

「こちらは二年前に離婚していて、上京した理由がよくわかりません。別れた奥さんに、話を聞こうと思って探しているんですが」

と、亀井は、いった。

「波多乃かおりとの関係は？」

「わかりません。彼女の母親に、直接、黒井邦夫を知っているかときけませんので。母親は、それでなくとも、敏感になっているようです」

「私はうまく立ち廻ったつもりだったんですが、母親は娘に何かあったと感付いたらしくて、いろいろと、問い合せているようなんです」

と、早苗が、いった。

「母親だから当然かも知れないな。こちらは、例の犯行声明が、まだ届かない。新聞社にも来てないらしい」

「中止したんでしょうか？」

と、亀井が、きく。

「それで、考えたんだが、殺された女の身元がわからないからじゃないかと、思ったんだ」

「それは、おかしいと思いますよ。犯人は、彼女がソープで働いているのを知っていて、金を持っているとわかっていて、襲ったんだと思いますね」

「そうだと思うよ。犯人は、三人の被害者が働いていた店で、一度は遊んだと思っている」

「それなら、本名を知らなくても、店での名前は知っていたんじゃないですか？」

「ああ、そうだ」

「それなら――」

「だから、あの犯行声明は、犯人じゃない人間が書いてるんじゃないかと、思っているんだ」

「別人がですか？」

「そうだ。それも、例のＫだよ」

と、十津川は、いった。

「Ｋですか？　なぜ、Ｋが？」

「Ｋは、必死になって、波多乃かおりを探していた。理由はわからないが、異常ともいえる執念でだよ。彼女の方は、Ｋから逃げていたんじゃないかな。Ｋは、警察にも探してくれと要求したが、見つからない。そんな時、第一の殺人が起きた。東北生れで、ソープで働く女が殺されたんだ。そこでＫは、犯行声明という手を考える。おれが殺した、故郷を捨てた女はみんな殺してやるという犯行声明をだ。マスコミが取り上げるのを計算してだよ。目的は、東京の何処《どこ》かにいる波多乃かおりを脅すことだったんだ」

「次はお前だと書いていましたね」

「あれが、手紙の主のいいたいことだったんじゃないかね。故郷を捨てて東京に来ている女全体を憎んでいるのなら、次はお前だと、特定の女に宛《あ》てたような書き方はしないんじゃないか。二人目の被害者も、東北じゃないが、石川県から出て来ていた女だった。故郷を捨てた点で同じだから、Kは、また便乗して犯行声明を作り、その中で次はお前だと書き、行方のわからない波多乃かおりを脅したんじゃないか」

と、十津川は、いった。

「Kはボールペンで、犯行声明の方はワープロですが」

「それは使いわけているんだろう。Kの手紙、特に三通目と犯行声明とは、文章の調子がよく似ているんだ」

「三人目は、われわれが身元を隠しているので、Kは被害者がどこの生れかわからず、故郷を捨てた女ということで脅しに使えないということですか？」

「そうだ。本当の殺人犯は、ただ金が欲しいだけで、遊びに行った店の女を殺しているんだと思うよ」

と、十津川は、いった。

「他人のやった殺人まで利用して、波多乃かおりを脅して見つけようとするKというのは、どんな人間なんでしょうか？　それに、理由も、知りたいですね」

と、亀井が、いう。

「間もなく、嫌でもわかるようになるさ」

と、十津川は、いった。

6

翌日の昼、テレビのワイドショーで、突然、波多乃かおりの名前を流した。

連続殺人の三人目の犠牲者は、都内の風俗店に勤める波多乃かおり、二十七歳とわかった、とアナウンサーはいい、彼女の生れや店での評判などを説明したあと、なぜか警察は彼女の身元を隠していた節があると、付け加えたのである。

捜査本部に、重苦しい空気が流れた。

(このニュースをKが見ていなければ、もう少し時間が稼げるのだが)

と、十津川は思ったが、ニュースが終ってすぐ、そのKから電話がかかって来たことで、かすかな期待は無残に裏切られてしまった。

十津川が受話器を取ると、いきなり男の声が、

「警察の責任だぞ！」

と、いったのである。

十津川は、とっさに机の引出しからテープレコーダーを取り出し、受話器に接続しながら、

ぞ」

「わかっている筈《はず》だ。おれが、あれほど、波多乃かおりを探してくれと頼んでおいたのに。真剣に探してくれなかったから、殺されてしまったんだ。責任を取って貰《もら》うぞ」

「何のことですか？」

男の声は、大きくなってくる。

「おれの警告の手紙は見たな？」

「君が、手紙をくれたKか？」

「どんな手紙かね？」

「とぼけるな。おれは、書いたことは、必ず実行する。二十日まで待たずにだ」

「なぜ、そんなことをするんだ？　会って、話し合わないかね？　君が何を考えているのか知りたいし、波多乃かおりを死なせてしまったことは、詫《わ》びてもいい。今の君は、別に法に触れることをしてるわけじゃないんだから、顔を見せて、話してくれないかね」

十津川は、一所懸命に、相手を説得しようとした。だが、相手は、こちらの言葉に押しかぶせるように、

「死人が何人出ても、それは警察の責任だ。それは、いっておくぞ！」

と、大声でいい、電話を切ってしまった。

十津川は、すぐ、三上本部長のところに行き、

「Kから宣戦布告して来ました」

と、いった。三上は、青い顔になって、

「それで、防げるのかね？」

「防がなければなりません」

「しかし、東北本線といっておいて、他を狙《ねら》うかも知れんだろう？　警察を恨んでいるんなら、警察の施設を爆破するとかだ」

「いえ。Kという男は偏執狂的なところがありますから、必ず東北本線を狙いますよ」

と、十津川は確信を持って、いった。

「東北本線の何処だ？」

「わかりません」

「それに、なぜ東北新幹線は含まれないのかね？」

と、三上が、きく。

「それですが、東北新幹線が開通したのは、昭和五十七年です。波多乃かおりは、多

分、その前に青森から上京しているんだと思います。だから、Kは、東北本線を狙うんです」

「彼女を上京させた、憎むべき東北本線というわけかね？」

「そうです。Kは、波多乃かおりが、故郷を捨てたことに腹を立てているようですからね。それに手を貸した東北本線にも、腹を立てているんだと思いますね」

と、十津川は、いった。

7

狙われるのは東北本線とわかっても、まだ、範囲は、長く、大きい。

十津川は、青森のホテルにいる亀井に、電話をかけた。彼がKのことをいうより先に、亀井が、

「テレビで見ましたよ。波多乃かおりの身元がわかったことは」

と、いった。

「早速、Kから電話があった。向うは、やる気だ。もう遠慮して調べることはないよ。すぐ、黒井邦夫の別れた奥さんに会ってくれ」

「それなんですが、彼女は今、東京にいることがわかりました。北条君が、調べてきてくれたんです。旧姓の小田恵子《おだけいこ》に戻っていて、東京の住所は、三鷹《みたか》市井《い》の頭《かしら》のアパートです」

と、亀井は、いった。十津川は、そのアパートの名前を書き留めてから、

「すぐ、彼女を訪ねてみるよ。カメさんも、東京に戻って来てくれ。北条君は、引き続き、青森に残って、聞き込みをやって貰う」

と、いった。

十津川は、そのあと、テープレコーダーを持ち、若手の西本刑事を連れて、井の頭に向った。

井の頭公園近くの旭《あさひ》荘というアパートの二階だった。

丁度、小田恵子は、これから渋谷のバーに勤めに出るところだといい、化粧しながらの質問になった。

「黒井ですか？　とにかく、変った人ですよ。別れて、ほっとしてるわ」

と、恵子は、あっさりといった。

「どんな風に、変ってるんですか？」

と、西本がきくと、恵子は小さく肩をすくめて、

「自分だけが、正しいと思ってます。それだけならいいけど、それを他人に押しつけるのよ」

「あなたにも、押しつけたわけですか？」

「ええ。それも、ひどいやり方でね」

「どんな風にですか？」

「あたしね、青森に生れて育ったんだけど、青森という町が嫌いだった。青森というより、東北がよ。だから、高校を出てすぐ、両親の反対を押し切って東京に出たわ」

「黒井さんとは、どこで知り合ったんですか？」

「四年前だったかな。母が亡《な》くなったんで、何年ぶりかで、青森に帰ったのよ。久しぶりだったんで、一週間ほどいたとき、黒井と知り合ったんだわ。びっくりしたのは、いきなりお説教されたことよ。故郷を捨てる女は、屑《くず》だ。育てられた町を捨てては、絶対にいけないって」

「それで、結婚したんですか？」

「とんでもない。東京へ逃げたわ。こんな変な男につかまったら大変だと思ってよ」

「それから、どうなったんですか？」

「どうやって調べたのかわからないけど、半年して、東京のマンションに追いかけて来たのよ。東京中を探し廻ったって、いってたわ。そのあと、半ば強制的に青森に連れ戻されて、結婚したのよ。本当に、ナイフで脅されたこともあるわ。承知しなかったら、殺されるかも知れないと思ったわよ」

「だが、別れた？」

「ええ。うんざりしたし、くたびれたのよ。一年半で、くたくたになっちゃったわ」

「よく、黒井さんが承知しましたね？」

「弁護士を立てたりして、大変だったわよ」

「黒井さんの性格は、あなたとの離婚で、変ったと思いますか？」

と、十津川がきくと、恵子は、化粧をすませ、煙草《たばこ》に火をつけてから、

「あの人は変らないわよ。もっとひどくなってるんじゃないかな。結局、あたしが故郷を捨てたというんで、憎んでいると思うしね」

と、いった。

「あなたに、聞いて貰いたいテープがあるんです」

十津川は、持って来たKとの会話テープを、恵子に聞いて貰った。聞き終ると、十津川が何もいわないうちに、

「あの人だわ」

と、いった。

「間違いありませんか？」

「ええ。間違いなく、あの人の声よ。何か、恐ろしいことをやろうとしているみたいね。まさか、あたしのことが原因じゃないんでしょうね？」

と、恵子は怯《おび》えた表情になって、きいた。

「いや、あなたのことは関係がありませんが、青森から上京して、水商売で働いていた二十七歳の女性が、関係しています」

「きっと、彼が、青森へ帰れといって、追いかけ廻していたのね」

「そうです」

「その女の人、可哀《かわい》そうだわ。あの人は異常で、他人の忠告なんか全く聞かないし、相手の女はただ自分のいう通りにすれば幸福なんだと、決め込んでいるから」

「彼は、東北本線も、憎んでいましたか？」

「東北本線？」

「ええ、そうです」

「そうねえ。東京へ出る列車だとか、飛行機がなければ、故郷を捨てる人間なんか出なかったろうにって、いったことがあったわ」

と、恵子はいい、ハンドバッグを引き寄せると、

「もう店に出る時間なの。ごめんなさい」

と、十津川に、いった。

夜に入って、青森から亀井が緊張した顔で、帰って来た。

その亀井に、十津川は、テープを聞かせて、

「やはり、黒井邦夫だったよ。別れた奥さんが、証言してくれた」

「しかし、今、何処《どこ》にいるか、わからないんでしょう？」

「この電話をかけて来たのは、上野駅近くの公衆電話からだとわかったよ」

「やはり、上野ですか」

「東北の玄関だ」

「まだ、東京にいるんでしょうか？　それとも、爆破を実行するために、東北へ向ったでしょうか？」

と、亀井が、きいた。

「今は、まだ、二十日じゃない」

「ええ。しかし、Kはすぐにでも、爆破すると宣言しているんでしょう？」

「そうだ。だが、二十日にやるつもりだったとすると、その前から、ずっと、爆発物

を持って歩いているものだろうか？」

「そうですね。普段は何処かに、隠していると思います。いざ爆破という時になって、時限装置を組み立てるようになるのが、普通でしょうね」

「とすれば、今頃、マンションか、ホテルに籠《こも》って爆弾を組み立てていると、思うんだがね」

と、十津川は、いった。

「マンションではないと、思います」

と、亀井が、いった。

「なぜだね？」

「黒井邦夫は、東京を嫌っていたと思うからです。故郷青森の若い女たちが、故郷を捨てて、東京に来てしまうことを憎んでいましたから。その東京で、マンションを買ったり、借りたりはしないと思うのです」

「すると、ホテルか」

「それも、多分、安いビジネスホテルだと思いますね。それほど、金を持っていたとは思えませんから」

と、亀井は、いう。

「都内、特に、上野周辺のビジネスホテルを、徹底的に調べてみよう。黒井邦夫の写真はないが、別れた奥さんに聞いて似顔絵を作ればいい」

と、十津川は、いった。

絵の上手《うま》い刑事を、渋谷のバーにいる小田恵子のところへ走らせ、黒井の似顔絵を作ると、それをコピーして、刑事たちに持たせた。

上野周辺のビジネスホテルを、しらみ潰《つぶ》しに、当らせたが、なかなか、結果は出なかった。

夜を徹しての聞き込みだったが、収穫のないまま、朝を迎えた。

午前八時過ぎになって、やっと、池袋近くのビジネスホテルで、反応があった。

十津川と亀井は、駅から歩いて十五、六分のビジネスホテルに、急行した。「午後九時から、二割引き」と書かれた看板を見ながら、十津川と亀井は、中に入り、マネージャーに会った。

「似顔絵の男の人は、うちに、一週間ばかり、泊っていらっしゃいましたよ」

と、マネージャーはいい、六階の部屋に案内した。

「もう、出て行ったんですか？」

と、十津川は、きいた。

「昨日の午後十時過ぎに、急に、チェックアウトされたんです」

と、マネージャーは、いう。六畳ほどの部屋には、ベッド、テレビ、冷蔵庫などが、並んでいる。そのテレビで、波多乃かおりの身元がわかったというニュースを、見たのだろうか？

「毎日、どこかへ出かけていましたね。何でも、人を探しているんだといってましたが」

と、マネージャーは、いった。

「彼は、ワープロを持っていましたか？」

「それは知りませんが、一度、ワープロを貸してくれるところはないかときかれたことがありましたね」

「あるんですか？」

「この先に、大きな文具店がありましてね。そこで、ワープロや、コピー機、それに、ファクシミリなんかも、貸してくれるんです」

「ちょっと、きいて来ます」

と、いって、亀井が、飛び出して行った。

十津川は、部屋の隅に置かれた屑箱をのぞいてみた。黒井が出て行ってから、まだ、掃除はしてないという。中から、コードの切れ端が、何本も出てきた。それに、ガムテープと、こわれたスイッチ。多分、黒井は、この部屋で、時限爆弾みたいなものを作ったのではないのか。

亀井が、戻って来たところで、十津川は、一緒に、ビジネスホテルを出た。

「黒井は、ワープロを借りて、使っています。機械の型式を調べて来ました」

と、歩きながら、亀井が、いう。

「黒井は、あのホテルで、多分、爆弾を作っているよ。それを持って、昨夜の十時過ぎに、チェックアウトした」

「今、何処にいるんでしょうか？」

「とにかく、上野駅へ行ってみよう」

と、十津川は、いった。

上野駅は、いつものように、東北・上信越方面へ行く人々で、賑《にぎ》わっていた。また、列車が着くと、懐《なつ》かしい訛《なま》りを持つ人たちが、降りて来る。

問題は、黒井が、何処へ行ったかだった。

十津川は、駅の公衆電話で、青森に残っている北条早苗を呼び出した。

「波多乃かおりが、初めて青森を出て東京に行った時、どの列車に乗ったか、調べてくれ」

と、十津川は、いった。

一時間後に、もう一度電話すると、早苗は、

「母親にきいたところ、今から十年前、夜行列車に乗って、かおりは東京へ行ったといっています。十七歳の時だそうです」

「その列車の名前は、わからないのかね？」

「覚えていないといっています。覚えているのは、夜行列車に乗って東京へ行ってしまったということだけだそうです」

「君は、黒井邦夫の顔は知っているかな？」

「そちらからホテルに彼の似顔絵を送って来ましたから、わかりますわ」

「よし。君は青森駅へ行って、黒井邦夫が現われないかどうか、見張ってくれ」

「現われますか？」

「彼は、波多乃かおりが上京する時に利用した列車を、憎んでいる筈《はず》だ。その列車さえなければ、彼女は、青森を捨てて、上京しなかったのだと思い込んでいる」

「八つ当りもいいところですわ」

「黒井は、そうは思っていないんだよ」

と、十津川は、いった。

「でも、東京へ行く夜行列車は、何本もありますわ。青森発ではなく、札幌発の『北斗星』もありますし――」

「『北斗星』は、無視していい。青森発東京行の夜行列車だ」

「『ゆうづる』と、『はくつる』があります」

「青森駅で、その列車に乗ろうとする乗客の中に、黒井がいないかどうか見張って欲しい。私と、カメさんは、上野駅から出る夜行列車を見張る」

と、十津川は、いった。

そのあと、十津川は、腕時計に眼をやった。午前十時五十分である。

この時間、東北本線を夜行列車（寝台特急《ブルートレイン》）は、一列車しか走っていない。

札幌発の「北斗星6号」が、大宮と上野の間を、走っているだけだ。

となると、今の時間、マークすべき列車はないことになる。

十津川は、上野―青森間を走る夜行列車（寝台特急）を、列挙してみた。数は少ない。

上り、下りとも、三本である。

	上野		青森
ゆうづる1号	21.33	↓	6.20
はくつる	22.17	↓	7.15
ゆうづる3号	23.00	↓	8.21
ゆうづる2号	6.36	↑	20.57
ゆうづる4号	6.40	↑	21.24
はくつる	6.37	↑	21.57

「黒井が、これから、列車の爆破を狙《ねら》っているとすれば、まだ、時間的な余裕がありますが」

亀井が、ほっとした顔で、いった。

「まず、駅長に、今日、この上下六本の列車で、爆発事故がなかったかどうか、聞いてみよう」

と、十津川は、いった。すでに起きてしまっていれば、警戒態勢を取ることは、意味がない。

駅長室に行き、調べて貰《もら》うと、まだそんな事故はなく、列車は平常どおりに動いているということだった。

十津川は、駅長室から、三上本部長に連絡を取った。

「今夜、この六本の列車に刑事を乗せたいと思います。東京発の方は、われわれがやるとして、問題は青森発の方ですが」

「それは、青森県警に私が、頼むよ」

「お願いします」

「一列車二人でいいかな？」

「相手も、一人で行動すると思いますから、二人で、十分だと思います。それから、

『はくつる』と『ゆうづる』には、電話がついていませんから、連絡用に、携帯電話を持たせて下さい。電話番号も知っておきたいですね」

「青森にいる北条君も、上りの列車に乗せるかね？」

「いえ。彼女は青森駅に残しておきたいと思います。何かの時、連絡したいですから」

と、十津川は、いった。

部下の刑事四人が、上野駅に集った。

十津川は、西本と日下の二人を「ゆうづる3号」、清水《しみず》と田中を「はくつる」、そして十津川自身は亀井と、最初に出る「ゆうづる1号」に乗ることに決めた。

もし、今日出発の列車で、爆発事故が起きなければ、十津川たちは今度は上りの列車に乗り、青森県警の刑事たちは下りに乗って、青森に戻る。これを繰り返すより仕方がない。

列車の乗務員にも、もちろん、事情を話して、協力して貰うことにした。

二〇時五七分、青森県警の二人の刑事の乗った「ゆうづる2号」が、青森駅を発車したという知らせが入った。

二一時三三分、十津川と亀井が乗った「ゆうづる1号」が、上野駅を出発した。

まだ、上野駅でも、青森駅でも、黒井邦夫の姿は見かけていないが、途中駅から乗ってくることも十分に考えられるから、油断はできなかった。

その発車間際《まぎわ》に、黒井がボストンバッグを持って、列車に飛び込んできた。

「ゆうづる1号」が、ホームを離れる。

十津川と亀井は、通路を走り、最後尾の1号車に乗った黒井邦夫を押さえに行った。

黒井は、1号車がレディースカーなので、2号車へ歩いて来るところだった。

2号車の通路で、十津川は黒井を捕えた。

「黒井邦夫さんですね？」

と、息を弾ませて、十津川がきくと、相手はあっさりと、

「そうです」

「そのボストンバッグを、開けて見せて下さい」

「なぜですか？」

「あなたは、東北本線を爆破すると宣言した。だからです」

亀井が相手を睨《にら》んでいうと、黒井は急に笑い出して、

「あれは申しわけありませんでした。好きな女性が殺されてしまったので、ついかっとしたんですよ。まさか警察が、あんな話を真《ま》に受けるとは、思いませんでしたね

え」

「とにかく、ボストンバッグを開いて下さい」

「いいですよ」

と、黒井は、馬鹿《ばか》にしたような笑いを浮かべ、ボストンバッグを開けた。

亀井が中身を調べた。東京土産の人形焼、着がえのセーターや下着などで、爆発物は見つからなかった。

「ご納得頂けましたか？」

と、黒井は、笑いながらきく。

「今日は、何の用で、青森へ行かれるんですか？」

十津川が、きくと、黒井は、

「行くんじゃなくて、青森へ帰るんですよ。東京は嫌いですからね。もう二度と東京に来ることはないと思いますよ」

と、笑いを消した顔で、いった。

十津川は亀井を促して、3号車に移った。

「黒井を逮捕できませんか？」

と、亀井が、いう。

「何の容疑で？　警察に文句をいってくる人間は、いくらでもいる。それをいちいち逮捕できるかね？」

「しかし、奴《やつ》がただ青森へ帰るために、この列車に乗ったとは思えませんが」

「わかってる。だが、彼は爆発物を持ってないんだ」

と、十津川は、いった。

十津川は、通路に立ち、じっと窓の外に流れる夜景を見つめた。

（奴は何か企《たくら》んでいる。いや、東北本線を爆破してやると宣言したことを、実行する気だ）

その確信は、変らない。

だが、どうやるつもりなのだろうか？

（この「ゆうづる1号」を、爆破する気なのか？　しかし、そうすれば、自分が疑われることは、知っているだろう）

と、すると、他の寝台特急《ブルートレイン》を爆破し、自分はこの列車をアリバイに使う気なのではないのか？

十津川は3号車のデッキに行き、携帯電話で、青森の駅舎にいる北条刑事を呼び出した。

「黒井は、青森でコンサルタントをやっていたんだったね？」

「そうです。市内に小さい事務所を持っています」

「そこで一緒に働いている人間は？」

「高校を出たばかりの十九歳の女の子が、受付をやっています」

「その娘《こ》と会って来てくれないか。会って、黒井が今夜の「ゆうづる1号」で帰ることを知っているかどうか、きくんだ」

「わかりました」

と、早苗は、いった。

一時間少したって、十津川の持つ携帯電話に、早苗から連絡が入った。

「彼女、いません」

「いないって、どういうことだ？」

「彼女は両親と一緒に住んでいるんですが、母親の話では、東京に行ったというんです」

「東京に？　それは、いつなんだ？」

「今日です」

「何のために、東京へ行ったんだ？」

「なんでも、東京に行っている所長の黒井から電話があって、急に必要な物ができたから持って来てくれと、いわれたんだそうです。それを届けに、今日、東京に行ったといっています」

「届け物？」

「はい」

「どんな物なんだ？」

「わかりません。彼女は事務所に寄って、そのまま青森駅へ行き、列車に乗ったそうですから」

「どの列車に乗ったか、わからないのか？」

「わかりませんが、明日の朝、東京で所長に渡すといっていたそうです」

「それなら、夜行列車じゃないか」

思わず、十津川の声が、大きくなった。

「そうかも知れませんが、どの夜行列車に乗ったのか、わかりません」

「彼女の名前は？」

「平野《ひらの》あかねです」

「今、君は何処《どこ》にいるんだ？」

「青森駅に戻っています」

「よし。駅長に話して、上野に向っている三本の夜行列車に連絡して貰うんだ。車掌に、車内放送して、平野あかねを呼び出して貰う。彼女が現われたら、持物を調べるんだ。それが、時限爆弾の可能性がある」

「わかりました。すぐ、駅長に話します」

と、早苗が、声をふるわせていった。

8

黒井邦夫は昨日の夜、池袋のビジネスホテルを出ている。恐らく組み立てた時限装置つきの爆発物を持ってである。

その足で上野に行き、青森行のブルートレインに乗ったのではないか。

最終の「ゆうづる3号」に乗っても、今朝の午前八時二一分に、青森に着けた筈《はず》である。

市内にある自分のコンサルタント事務所に行き、そこで爆発する時刻にセットし、ケースに入れておく。

そのあと黒井は、飛行機で東京に戻る。一三時二五分青森発のＪＡＳに乗っても、一四時四〇分には東京に戻れるのだ。

東京に戻ると、何くわぬ顔で、事務所の受付をやっている平野あかねに電話をかけ、急に入用になったから、事務所にあるケースを東京に持って来てくれと、頼む。朝早く必要だから、今日の夜行列車に乗ってくれという。何も知らない平野あかねは、時限爆弾を持って、上野行の夜行列車に乗り込む。

「それなら、黒井自身は何のために青森行のこの列車に乗ったんでしょうか？」

と、亀井が、きいた。

「アリバイ作りもあるだろうがね。東北本線が爆発で痛めつけられるのを、自分の眼で確認する気なんだろう」

「どうやってですか？」

「上りの列車が爆破されれば、下りのこの列車だって、一時、停車させられる。それで、確認できる」

と、十津川は、いった。

「しかし、いつ爆発するようになっているんですか？」

「午前二時過ぎじゃないかね」

と、十津川がいうと、亀井はびっくりして、

「なぜ、わかるんですか？」

「この『ゆうづる1号』は、常磐線《じょうばんせん》廻りだ。二三時五八分に平《たいら》に着いて、それから約二時間で東北本線に入るんだ。偏執狂的な黒井だから、東北本線に入るまで、待つだろう。それに、上りの列車が爆破された時、自分も近い位置にいたい筈だよ」

と、十津川は、いった。

水戸を通過したあたりで、北条刑事から電話が入った。

「困ったことになりました。三本の列車とも反応がないと、いって来ました。車掌が何回も呼びかけたのに、平野あかねは現われないというんです」

早苗は、甲高い声でいう。

「平野あかねという名前に、間違いないんだろうね？」

「間違いありません。ヒラノアカネです」

「まさか、寝込んでしまってるんじゃないだろうね？」

「まだ十二時前ですから」

「そうだな。参ったな」

十津川は、当惑した。平野あかねは、乗らなかったのだろうか？

十津川は電話を切ると、また考え込んでしまった。時間は情け容赦なくたっていき、「ゆうづる1号」が平に着いた。

一分停車で、発車する。このあとしばらくすると、東北本線である。危険地帯というより、危険な時間に入ったのだ。

（何とかしなければ――）

と、思う。焦《あせ》った。

列車内で爆発が起きれば、何人もの乗客が死ぬだろう。そうなったら、たとえ黒井邦夫を逮捕できても、警察にとっては敗北だった。

二三時五九分に平を出ると、あとは午前五時一二分に八戸《はちのへ》に着くまで、列車は止まらないことになっている。

十津川は、もう一度、青森の北条刑事を呼び出した。

「平野あかねだがね。十九歳といっていたね？」

「そうです」

「遊びたい盛りだな」

「はい」

「それなら、今夜、恋人とデイトの約束をしていたかも知れない。所長にいわれて夜行列車に乗ることになったのなら、恋人と夜を過ごすチャンスと思ったのかも知れない」

「はい」

「友だちに金をあげて東京へ行く仕事を頼み、自分は恋人とホテルへでも行ってる可能性がある」

「でも、頼んだ友だちを探すのが大変です」

「探している時間はないよ」

と、十津川は、いってから、

「もう一度、三つの列車で車内放送をして貰《もら》うんだ。平野あかねに頼まれて東京に荷物を持って行く人、彼女から大事な連絡が来ているので、すぐ車掌室へ来てくれとだ。もっと、脅す文句を使ってもいい。早くやってくれ。危険な時間帯に入ってるんだ！」

と、最後は、怒鳴るように、いっていた。

電話を切ると、あとは、結果を待つより仕方がなかった。

三十分、一時間とたったが、北条早苗からの連絡はない。十津川は、嫌でも、炎に包まれる列車に血まみれで倒れる乗客の姿を、想像した。

やっと、十津川の持っている携帯電話が鳴った。

「もしもし」

と、十津川が、噛《か》みつくような声を出した。

「青森県警の武田《たけだ》刑事です」

と、男の声が、いった。

「それで？」

「上りの『はくつる』に乗っていますが、今、爆弾を見つけました」

「それで、どう処理したんですか？」

「われわれでは、処理できないので、列車を止め、線路から百メートル離れた河原に、置きました。周囲に人家もないので、爆発しても、安全です」

と、いわれて、十津川はほっとした。

「やはり、平野あかねの友だちが、乗っていたんですね？」

「そうです。鈴木広子《すずきひろこ》という二十一歳の女性で、前に黒井の事務所で働いていたことがあるので、頼んだんだと思いますね。広子の方は、金を貰って、東京に遊びに行けるので、喜んで引き受けたと、いっています。最初に車内放送で、平野あかねの名前を呼ばれた時は、彼女が他人に仕事を頼んだことがわかると、まずいんじゃないかと思って、黙っていたんだそうです」

「今、列車はどうなっているんですか？」

「発車しました。私が、河原に残っています。宮城県警に電話したので、間もなく、爆発物処理班が来てくれると、思っているんですが――」

と、武田がいった時、突然、鈍い爆発音が聞こえた。

「どうしたんですか？」

と、十津川が、きいた。

「爆発しました。思ったより、大きな爆発でした。驚きました」

と、武田が、声をふるわせた。

「大丈夫ですか？」

「小石が、身体《からだ》に当りましたよ。命に別条はありませんから、安心して下さい」

と、武田が、いった。

9

午前二時である。

午前二時に爆発するように、セットしてあったのだ。

「少し、奴《やつ》を脅してやろうじゃないか」

と十津川は亀井にいい、2号車へ足を運んだ。

黒井邦夫は、寝台に腰を下ろして、缶ビールを飲んでいた。

「やはり、眠れませんか？」

と、十津川は、声をかけた。

黒井は、眼をあげて、

「何のことですか？」

と、いった。が、ちらりと自分の腕時計に眼をやっている。午前二時という爆発時刻が、気になるのだろう。

「今、この電話で問い合せています。上りの『はくつる』で、爆発があったそうですよ。死人も出ているらしい。思い当ることがあるんじゃありませんか？」

と、十津川が、きいた。

「いや、とんでもない」

「一車両の全員が死亡したといっていましたね。時限爆弾の爆発らしいですが、それを持っていた人間も、死亡していますね」

「――」

「私はね、あなたがやらせたんだと思うが、そうなると、証拠はないし、あなたには私たちと一緒にいたという強固なアリバイがある。逮捕は不可能だ」

「私は、やっていませんよ」

といいながらも、黒井はニヤッと笑った。

「私は、あなたがやったと思っているが、証拠がない。私たち警察の負けだ」

「別に、勝ち負けということはないと、思いますがねえ」

「いや、完全な私たちの負けですよ。しかし、なぜ、波多乃かおりを追っかけ廻したんですか？」

と、十津川は、きいた。

「そりゃあ、好きだったからですよ。彼女は、私と一緒になって、故郷の青森に帰れば、幸福になれたんだ」

「何処で知り合ったんですか？」

「彼女がたまたま、ひそかに青森に帰っていた時ですよ。もう東京に戻るなと、私はいった。不幸になるのが見え見えだったからですよ。そして、私が予想したとおり、東京で殺されてしまった」

「犯行声明は、あなたが書いたんでしょう？　わかっているんですよ」

「ああ、私です。新聞にのれば、彼女が怖がって、青森に帰ってくれるのではないかと思ったんです。彼女のためにやったことだから、今でも悪いことをしたとは、思っていませんよ」

と、黒井は、胸を張った。

「波多乃かおりが、私立探偵に頼んで、あなたのことを調べようとしていたのは知っていますか？」

「私を？　なぜ、そんなことを」

「あなたが、気味悪かったんでしょうね。黒井としか名乗らず、故郷を捨てるのは罪だみたいに脅したからじゃないんですか？」

「馬鹿《ばか》な！　私は、彼女を助けたかっただけだ。それが、悪いことかね？」

黒井は、腹立たしげに、いった。

「あなた流のやり方でね。それが相手には迷惑だし、怖かったんじゃありませんか」

と、十津川は、いった。

「そんなことはない！」

「別れた奥さんは、そういっていましたよ」

「あいつは、罰当りだ。きっと、不幸になる」

「先日、会いましたが、結構幸福そうでしたがねえ」

と、十津川はいってから、急に眼をあげて、

「今、すれ違って行ったのは、上りのブルートレイン『はくつる』じゃなかったかな」

「『はくつる』？」

黒井の顔色が変った。

「どうしたんですか？」

十津川が、意地悪く、きいた。

「『はくつる』は、確か、爆破されて、死者が出たと――」

「そんなことをいいましたか？」

「欺《だま》したのか？」

「爆発はしましたよ。ただ、列車の外でね」

と、十津川は、いった。

「あんたを、逮捕する」

亀井が、厳しい声で、いった。

「逮捕？　なぜ？」

「列車を爆破しようとした容疑ですよ。あなたに欺された平野あかねが、証言してくれるでしょうからね。彼女も当然死んで、死人に口無しと、考えていたんでしょうがね」

と、十津川は、いった。

10

黒井邦夫が逮捕され、残るのは、連続殺人の方だった。

十津川は、直《ただ》ちに東京へ引き返すと、亀井たちと、こちらの犯人逮捕に全力をあげることにした。

風俗営業の若い女が、続けて三人も殺されたということで、マスコミは大さわぎだが、十津川は、事件としては難しくはないと思っていた。

犯人は、ソープの女二人を殺し、ファッション・ヘルスのホステス一人を殺し、いずれも金を奪《と》っている。しかも、それぞれの店の近くでである。その上、被害者が、さほど抵抗した形跡もない。

これらのことから考えられるのは、犯人がこの三つの店に、客として行ったことがあるに違いないということである。

浅草の吉原、池袋、そして新宿のソープやファッション・ヘルスに、行った男である。

十津川は、この三つの店で、徹底的に聞き込みをやらせた。

その結果、一人の男が、浮かび上ってきた。

立花《たちばな》と、名乗っている男だった。年齢は三十五、六歳で、笑い方に特徴があるので、三つの店の人間が覚えていたのである。ニコニコしているのだが、薄気味が悪かったという。

池袋のソープでは、この男が、殺された井上弓子の客になってすぐ、事件が起きた。あとの二件も、同じだった。

十津川は、この男の似顔絵を、作った。

この男は、遊び好きなのだと、十津川は思っていた。

池袋と、浅草という離れたソープに行き、新宿では、ファッション・ヘルスへ行っている。獲物を探したということもあるだろうが、生れつき、遊ぶのが好きなのだと思ったのだ。

とすれば、奪った金で、また遊びに行くに違いない。

しかも、この男は、池袋、浅草、新宿と場所を変えている。次に現われるとすれば別の盛り場だろう。

十津川は、ひき続き、渋谷、六本木、上野、錦糸町《きんしちょう》といった場所に、刑事を張り込ませた。

十津川の推理が適中して、二日目に、渋谷の「道玄坂クラブ」というヘルスに現われた似顔絵の男を逮捕した。

持っていた運転免許証から、本名が近藤信一郎《こんどうしんいちろう》とわかったが、驚いたことに、大企業の係長で、妻子もいるエリート社員だった。

家庭では、優しい夫であり、父だったし、職場では口数の少ない優秀な社員だった。

「僕の場合は、病気なんです」

と、近藤は、訊問《じんもん》する十津川と亀井に向って、いった。

亀井は、腹を立て、

「甘ったれるんじゃない。女遊びが好きで、その金が要るんで、殺人《ころし》をやっただけじゃないか」

と、怒鳴った。

東北に絡《から》んだ事件の直後だけに、同じ東北に生れ育った亀井は、機嫌が悪かった。

「まさか、あんたは、青森の生れじゃないだろうな？」

と、亀井はきき、近藤が、

「東京の世田谷の生れです」

というと、やっと、ほっとした顔になった。

殺人《ころし》は食堂車で

1

旅の楽しみの一つに、食事がある。

各地の名物料理を食べるためだけに、わざわざ、ローカル線に乗ってゆられて行く人もいるくらいである。

ただ、夜行列車に乗ると、翌朝まで、その楽しみは閉ざされてしまうので、自然に、食堂車が頼りになってくる。

旅行好きの人の中には、食堂車の愛用者が意外に多い。

性格俳優として、若い女性に人気のある田原伸一郎《たはらしんいちろう》も、その一人だった。

田原は、年齢四十歳。四、五年前までは、目立たない脇役《わきやく》で、クロウトの間では、その演技が注目されてはいたが、ぱっとした人気は出ていなかった。

それが、テレビの昼のメロドラマに出演してから、急に、大衆的な人気が出てきた。

この昼メロでは、主役は、あくまでも女優の千倉《ちくら》ゆき子だったのだが、人気というものはわからない。犯し役の田原が、突然、人気者になってしまったのである。

突然の人気沸騰に、いちばん、戸惑《とまど》ったのは、当の田原だったかもしれない。

「おれは、人気なんて、ぜんぜん、関心がないね。人気が出ての損得、まあ、ギャラが高くなったのは嬉《うれ》しいが、浮気ができなくなったのは、大きなマイナスだねえ」

田原は、記者たちの質問に、そんな答え方をして、ニヤリと笑ったが、醒《さ》めたいい方が、また、うけるのだから、わからない世界である。

オンチを自認していた田原に、レコード吹き込みの話まで持ち込まれ、いやいや、レコーディングすると、ぶっきらぼうな唄い方が、また、うけるのである。

仕事も、当然、忙しくなった。

その忙しさの中を、やっと、三日間の休暇がとれた田原は、寝台特急《ブルートレイン》の「富士」で、別府へ行くことに決めた。

夜行列車にしたのは、四十歳の田原には、子供のころの「夜汽車」への憧《あこが》れがあったからだし、寝ている間に、別府まで運んでくれるという便利さがあったからでもある。

マネージャーの矢木《やぎ》が、「富士」の個室寝台を二枚、とってくれた。

個室寝台にしたのは、寝たいときに寝て、起きたいときに起きればいいからだった。

二段、あるいは、三段式のベッドだと、朝七時になると、ベッドが解体されてしまい、嫌でも、起きなければならない。

その点、「富士」に一両だけついている個室寝台は、ドアに鍵《かぎ》がかかるので、終点まで、寝たままで行ける。

六月二十四日の午後六時ちょうどに、下りの寝台特急「富士」は、田原と、矢木を乗せて、発車した。

個室寝台は、電源車の次の車両で、十四の個室に分かれている。

発車してすぐは、田原も、矢木も、通路に出て、大きな窓の外を流れる景色を眺めていた。

各個室にも、窓はあるが、八十センチ四方ぐらいの小ささだし、見やすい位置にもない。

今は、梅雨《つゆ》の盛りで、連日、すっきりしない、うっとうしい天気が続いていた。

今日も、車窓には、細かい雨が降り続けて、夕方の東京の町を、濡《ぬ》らしている。

列車のスピードがあがるにつれて、雨足が、斜めになっていく。

横浜を過ぎたところで、食堂車が、営業を始めたという車内放送があった。

六時半になっている。

「われわれも、行こうじゃないか」

と、田原は、マネージャーの矢木にいった。

2

「富士」の食堂車は、8号車についている。

オシ24という形式の車両で、テーブルが十脚あり、一時に、四十人が食事をとることができる。

昔は、たいていの列車に、食堂車がついていたものだが、最近は、特急でも、食堂車がないものが多くなった。国鉄の自慢するL特急は、食堂車のないもののほうが多い。営業的に、採算がとれなくなってきたからである。それに、人手不足ということもある。食堂車の労働というのは、一見、楽そうに見えるが、揺れる車内での労働で、重労働だから、今の若者は、敬遠してしまう。

各列車の食堂車の一時間あたりの利用度というのがある。

なんといっても、新幹線の「ひかり」が、三十四人で、断然、トップである。

中には、九人か十人という特急列車もある。それでは、採算がとれなくなってしまうだろう。

寝台特急は、二十五、六人といったところで、まあまあ、の線をいっている。田原たちの乗った「富士」は、二十五人で、「さくら」についで、ブルートレインの中でも、二位になっているが、これは、東京発が、午後六時という恰好《かっこう》の時間のせいだろう。

田原と矢木が、1号車から、8号車の食堂車まで歩いて行ったときも、テーブルは、ほとんど満席に近かった。

普段の田原は、どちらかといえば、無愛想で、笑顔を見せることも少ないのだが、食堂車のテーブルについたときは、ニコニコしていた。列車の食堂車が、好きなのである。

「窓からの景色を見ながら食事するのが、子供のときから好きなんだよ」

と、田原は、メニューを見ている矢木にいった。

「しかし、列車の食堂というのは、どうして、あまり美味《うま》くないのかねえ」

矢木が、文句をいった。

「値段が値段だから、仕方がないだろう。おれは、今の二倍、三倍の値段にしてもいいから、もう少し豪華にしてもらいたいとは、思っているんだがね」

田原は、それでも、楽しそうに、夕暮れが深くなっていく車窓の景色を、見つめていた。

普通なら、まず、ビールでも飲むところだが、田原は、いかつい外見に似合わず、
アルコールが駄目で、コーヒー党である。

マネージャーの矢木も、自然に、コーヒーを飲むようになった。

矢木は、ウエイトレスに、二人分のビーフシチュー定食を頼んでから、煙草をくわ
えて、

「来月からのSテレビの連ドラの件だがね」

と、仕事の話を始めた。

田原は、眉《まゆ》をひそめて、

「おい。やっと、三日の休暇をとっての旅行なんだぜ。この三日間は、仕事の話は止《や》
めてくれよ」

「それはわかるが、Sテレビのプロデューサーが、いろいろと、いってきてるんだ」

「わかってるよ。時間には遅れるな。台本はちゃんと読んでこい。ほかの出演者とケ
ンカはするな。エトセトラ、エトセトラだろう?」

「君も人気者になったんだから、常識を踏まえた行動をとったほうがいいよ。風当た

りは強くなってるんだ」

矢木は、昔、田原と同じプロダクションに所属する俳優だった。人気は、むしろ、矢木のほうがあったくらいである。それだけに、昔は、同じ俳優だったという意識が働いて、無遠慮ないい方になってしまう。

「わかってる。わかってる」

と、田原は、うるさそうにいった。

そのとき、タイミングよく、食事が運ばれてきた。

田原は、身体《からだ》が大きいだけに、食欲も旺盛《おうせい》である。

あっさりと、眼の前のビーフシチュー定食を平らげた。ウエイトレスが、やってきて、

「あとは、コーヒーにしますか、それとも、紅茶にしますか？」

と、きく。

洋食のほうには、コーヒーか、紅茶がつくことになっているからである。

「もちろん、コーヒーだ」

と、田原は、いった。

田原のコーヒー好きは有名だった。一日に、十二杯飲んだこともある。もちろん、

美味いコーヒーはいいが、場末の小さな喫茶店で、インスタントコーヒーを飲んでも、満足してしまうほうである。

矢木も、「コーヒーがいいね」と、ウエイトレスにいった。

轟音《ごうおん》を立てて、「富士」は、酒匂川《さかわがわ》を通過した。

もう窓の外には、夜の帳《とばり》がおりて、家々の黄色い灯《ひ》が、感傷的に、またたき始めた。

「おれは、十九歳のときに、山口県の小さな町から上京したんだが、そのときに乗ったのが、夜行列車だった。当時は、夜汽車というほうがふさわしかったね。鈍行で、座席がかたくてね。そのとき、窓の外にちらちらと灯がまたたいてさ。おれは柄にもなく感傷的になったもんだ」

田原は、そんなことをいった。

東京に生まれ、東京に育った矢木には、田原のそういう気持ちは、よくわからない。

コーヒーが、運ばれてきたとき、ちょうど、奥のテーブルから立ち上がった二人連れの女が、めざとく、田原を見つけたらしく、

「田原さんでしょう?」

と、緊張した顔で、話しかけてきた。

田原は、黙っている。あまり、ファンに対して、愛想のいいほうではなかった。そ

れを心配して、矢木は、ときどき、注意するのだが。

二人連れの女のほうは、構わずに、

「やっぱり、田原さんだわ」

「お願いします。サインしてくださいません」

と、いい、ハンドバッグから、手帳と、ハンカチを取り出して、テーブルの上に広げた。

「困るな。これから、コーヒーを飲むところなんだ」

田原は、露骨に、嫌な顔をした。

矢木が、二人の女性に向かって、

「あとにしてくれないかな。これから、コーヒーを飲むところなんだ」

と、優しくいった。

田原のほうは、相変わらず、むっとした顔で、黙っている。

二人の女性は、仕方なしにという感じで、テーブルの上に置いた手帳と、ハンカチ、それに、サインペンを、ハンドバッグにしまった。

「どこまで、いらっしゃるんですか？」

「九州まで行くことになっています」

「じゃあ、明日の朝、また、お会いできますわね」

二人の女性は、それで、納得したらしく、食堂車を出て行った。

「ああいう不作法な女には、腹が立って仕方がないな」

と、田原は、舌打ちした。

「ファンというのは、たいてい、あんなものさ。人気が無くなれば、頼んだって、寄ってきやしないよ」

「おれには、そのほうが、有難《ありがた》いがね」

と、田原は、いった。

そのあと、コーヒーを飲むときになると、コーヒー好きの田原らしく、また、笑顔が戻った。

「まああのコーヒーだな」

と、田原は、いった。

だが、その言葉が、終わった瞬間、田原は「うッ」と、低い呻《うめ》き声をあげ、両手で、のどを掻《か》きむしった。

「どうしたんだ？　おい」

矢木が、あわてて、田原の顔をのぞき込む。

「のどが、熱いんだ！　のどが、焼けるんだ！」

田原が叫ぶ。その声が、かすれてきて、彼の身体が、床に転がった。

食堂車が、騒然となった。

3

車掌長が駆けつけた。

五十歳の井上《いのうえ》車掌長は、二十五年のキャリアを持つベテランだったから、列車の中で、さまざまな事件にぶつかっていた。

殺人事件に出会ったこともある。

「いったい、どうしたんですか？」

と、井上は、呆然《ぼうぜん》としている矢木にきいた。

「僕にも、何が何だかわからないんだ。食事をして、コーヒーを飲んだとたんに、急に苦しみ出したんだ」

「そうですか――」

井上は、屈《かが》み込んで、今は、まったく動かなくなってしまっている田原の手首をつかんだ。脈は消えてしまっている。が、死んでいるかどうかの判断はつかなかった。

井上は、すぐ車掌室に戻ると、無線電話で、東京の総合指令室に連絡をとった。

次の停車駅は、熱海で、あと、七、八分で到着する。その熱海駅に、救急車を待機させておくように頼んだ。

電話がすむと、井上は、また、食堂車に引き返した。

食事中に、突然、倒れたということは、いろいろと考えられる。まず、考えられるのは、脳溢血《のういっけつ》か、心臓発作である。

しかし、毒を飲まされたということも考えられないことではなかった。

五年前、同じ「富士」の車中で、二十三歳になる若い女性が、突然、苦しみ出し、寝台で、死亡したことがある。

農薬中毒だった。一時は、殺人事件ではないかと、大さわぎになったが、彼女は、別れた男と一緒に乗った思い出の「富士」に乗り、農薬を飲んで、自殺したのである。

今度も、毒を飲んだのかもしれない。

「あのテーブルには、誰も座らせないようにしてほしい。それから、食器なども、そのままにしておいてくれないか」

と、井上は、食堂の責任者に頼んだ。

しかし、食後のコーヒーを出すときに、ビーフシチューの容器や、ご飯の皿、それに、ご飯のときに出した水を入れたコップなどは、回収して、洗ってしまっていた。

熱海駅には、定刻の午後七時二九分に着いた。

ここは、一分停車だが、それだけで、すむわけにはいかなかった。

ホームに待機していた救急隊員が、担架《たんか》を持って、食堂車に入ってきた。

田原を担架にのせ、毛布をかぶせて、列車から運び出し、救急車へ運んで行った。

マネージャーの矢木が、一緒について行った。

代わりに、公安官二人が、乗り込んできた。

それだけでも、四、五分、かかってしまっている。

結局「富士」は、七分おくれて、熱海を出発した。

4

午後八時二十三分。

静岡県警では、熱海市内の救急病院から、不審な死に方をした患者がいるという知らせを受けて、ベテランの根本《ねもと》刑事を、急行させた。

国鉄熱海駅から、車で、五、六分、ホテルや旅館の並ぶ中に、「前田病院」の名前を見つけて、根本は、パトカーを降りた。

外来はもう終わっているから、病院の中は、静かである。

受付で名前をいうと、すぐ、三十七、八歳の医者が出てきた。

「不審な死に方をした患者がいるということですが」

と、根本がいうと、小太りの医者は、顔の汗をハンカチで拭《ふ》きながら、

「救急車で、ここへ運ばれてくるまでに、すでに死亡していたんです。明らかに、青酸中毒死ですね」

「名前は、わかっているんですか？」

「テレビでよく見る人で、名前は、田原伸一郎という人です」

「ほう」と、根本が、唸《うな》った。

「うちの家内が、ファンでしてね。私は、あまりいいとは思わないんですが」

「マネージャーが、付き添っています。その人の話では、三日間の休暇がとれたので、ブルートレインの『富士』で、別府へ行く途中で、食堂車で、突然、苦しみ出して倒れたというのです。列車の車掌が、すぐ手配して、熱海でおろし、救急車で、うちへ運んできたというわけです」

「すぐ、遺体を見たいですね」

「どうぞ」

医者は、根本を、診察室へ連れて行った。

診察台の上に、四十歳ぐらいのがっしりした身体つきの男が、寝かされていた。上半身は、裸にされている。

根本は、その顔に見覚えがあった。苦痛が、そのまま凍りついたようになっていて、ゆがんではいるが、間違いなく、テレビで見なれた田原伸一郎だった。

顔が、ピンク色をしているので、死んでいるようには見えない。

根本は、その顔に、鼻を近づけてみた。確かに、青酸死特有の甘い匂いがした。

その部屋の隅に、同じ四十歳ぐらいの男が、放心したような顔で、椅子に腰を下ろしている。

「静岡県警の根本といいますが」

と、その男に声をかけた。

男は、黙って、「マネージャー・矢木透《とおる》」と書かれた名刺を差し出した。

「列車の食堂で、突然、苦しみ出したそうですね？」

根本がいうと、矢木は、首を力なく振って、

「僕には、いまだに、何が何だかわからんのですよ。彼は、やっと取れた休暇と、気に入りの夜行列車に乗れて、ご機嫌だったんです。それが、突然、こんなことになって――」

「明らかに、青酸中毒による死亡ですが、田原さんに、自殺するような理由がありますか?」

　根本がきくと、矢木は、泣き笑いみたいな表情をした。

「田原は、自殺なんかしませんよ。今、脂《あぶら》がのっているところなんですから」

「しかし、仕事はうまくいっていても、家庭が冷たかったり、不治の病気にかかっていたら、自殺することも、考えられるんじゃありませんか?」

「田原は、去年、離婚しましてね。前から、うまくいってなかった夫婦なんで、彼は、正式に離婚が成立して、ほっとしていたんです。それに、彼は、健康そのもので、病気だったとは、とうてい、思えませんね」

「その点、どうですか?」

　と、根本は、医者を見た。

「解剖しないと、はっきりしたことはいえませんが、外から診《み》た限りでは、完全な健康体ですね」

医者が、いった。

「すると、誰かに、青酸を飲まされたことになるんだが、そのほうの心当たりは、どうですか？」

根本は、質問を変えて、矢木を見た。

矢木は、首を横に振った。

「心当たりはありませんよ」

「田原さんは、誰にも憎まれてはいなかったということですか？」

「いや、そうはいっていません。田原は、八方美人的な性格じゃなくて、好き嫌いが、はっきりしているし、ずけずけ、ものをいうほうですからね。生意気だと思っている人も多いと思いますよ。しかし、一方では、彼のはっきりした性格が好きだという人もいるんです。どちらにしろ、毒殺までする人間がいるとは、思えませんね」

「しかし、現実に、青酸中毒死しているわけですよ」

「だから、何が何だか、わからないといっているんです」

矢木は、腹立たしげにいった。まるで、自分に腹を立てているようないい方だった。

根本が、きいた。

「別府に行く途中だったということでしたね？」

「ええ」

「それは、田原さんの発案だったんですか？」

「そうですよ」

「なぜ、三日間の休暇を、別府で過ごそうと思われたんですかね？」

「前に、テレビドラマのロケに別府に行ったとき、親切にしてくれた旅館がありまして、田原は、そこへ行くことにしたわけです」

「夜行列車の『富士』を利用しようといい出したのも、田原さんですか？」

「そうです。彼には、夜行列車に対する郷愁のようなものが、あるんです。いつも、夜行列車に乗りたいと、いっていましてね。しかし、仕事が忙しくて、いつもは、飛行機や、新幹線で、移動するより仕方がなかったわけです。やっと、休暇がとれたので、今度こそと、思ったんでしょうね」

「切符は、いつ買ったんですか？」

「僕が、二週間前に、買っておきました。個室寝台は、枚数が少ないですからね。帰りは、飛行機の予定でした」

「田原さんが、今日、『富士』に乗ることは、あなた以外に、誰が知っていましたか？」

「そうですねえ。うちのプロダクションには、もちろん、知らせておきましたよ。三《み》木《き》プロダクションです」

「ほかに、知っている人はいませんか？」

「芸能記者は、知っていたと思いますね。彼らは、敏感な触覚を持っていますから」

「あなたの家族は、知っているわけでしょう？」

「ええ。もちろん。しかし、家内や娘が、田原を毒殺したりはしませんよ」

「まあ、そうでしょうね。田原さんは、人気者だから、女性関係も、派手だったんじゃありませんか？　去年、離婚されていたとすると、誰に気兼ねもなかったわけだから」

「田原は、女性ファンが多かったのは事実です。昼メロに出演するようになってからは、特に、女性ファンが増えましたね。中には、自分を犯してほしいと、電話をかけてくる人妻もいるくらいです。しかし、田原自身は、女性に対して、あっさりしているほうで、ごたごたを起こしたことはありません」

「それなら、なぜ、青酸を飲まされたんでしょうかね？」

「だから、僕も、それがわからないといっているんです」

矢木は、また、小さく首を振った。

5

静岡県警本部は、田原伸一郎の死を、殺人と考え、「富士」の食堂車の調査を、要請した。

食堂車は、午後十時で、営業を中断し、あと、翌朝六時に、再開される。

午前一時二七分。

「富士」は、大阪駅に到着した。運転停車なので、乗客の乗り降りはない。

静岡県警と、国鉄の要請をうけた大阪府警本部の鑑識課員が、ホームに待機していて、食堂車に乗り込んだ。

熱海から乗っている公安官と、車掌長から話を聞いたあと、問題のテーブルを調べた。

田原が食事をとったビーフシチューの器と、ご飯の皿は、洗われてしまっているので、鑑識が押収したのは、コーヒーカップ、皿、それに、コーヒーの際の冷水が入っていたコップ、それに、スプーンだけだった。

鑑識は、そのほか、食堂車の写真を撮り、問題のテーブルについている指紋を検出したあと、府警本部に引き返した。

もし、ビーフシチューの中に、青酸が混入されていたら、お手あげだと思われたが、幸い、四分の一ほど残っていたコーヒーから、青酸反応が出た。

水が入っていたコップからは、何も、検出されなかった。

事態は、はっきりした。

食堂車で出されたコーヒーの中に、青酸が混入されていて、田原伸一郎は、それを飲んで死亡したのである。

もちろん、スプーンにもついていたが、これは、コーヒーをかき廻したときに、付着したものだろう。

一方、熱海の前田病院には、三木プロダクションの社長、三木浩《ひろし》が、車を飛ばして駆けつけた。

静岡県警は、遺体を解剖することにした。

遺体は、夜の中を、大学病院まで運ばれ、直ちに、解剖が行なわれた。

夜明け近くに、解剖は、終わった。

死因は、もちろん、青酸中毒によるものだったし、死亡推定時刻にも、問題はなかった。田原が、食堂車で倒れたときには、何人も、目撃者がいるからである。

問題は、田原の健康状態だった。もし、不治の病気に侵されていたとすれば、それが、自殺の原因だったかもしれないからである。

内臓は、きれいだった。

肝臓が少し腫《は》れていたが、これは、疲労によるものだろう。

「完全な健康体で、おそらく、二十代後半の体力の持ち主だったでしょうね」

と、解剖に当たった医師が、いった。

これで、自殺の可能性は、大きく減ったことになる。

プロダクションの社長の三木も、根本刑事の質問に対して、

「彼が自殺するなんて、とうてい考えられませんよ。俳優としても、今、脂ののり切っているときだし、いい仕事が、次々と舞い込んできているんです。大作映画に出演する話も来ていますしね。根っからの俳優の彼が、こんなときに、自殺なんかしませんよ」

「演技の面で、悩んでいたということは、なかったですか?」

と、根本は、きいた。

この質問には、マネージャーの矢木が、

「演技上の悩みは、俳優なら誰だって、持っているものですよ。また、自分の演技に

満足してしまったら、そのときに、終わりです。田原も、いろいろ悩んでいましたが、彼は、それを楽しんでいるようなところもありましてね。警察は、どうしても、自殺にしたいんですか？」

「いや、自殺の可能性を、一つ一つ、消しているだけです。これで、自殺の線は、ほとんど無くなりました。殺されたとすると、どんなことが、考えられますか？」

根本は、三木と、矢木の顔を、見比べるようにした。

二人は、当惑した顔になった。どちらも、田原が、殺されるようなことは、心当たりはないと、繰り返すばかりだった。

大阪府警から、鑑識の結果が、報告されてきたのは、そのころである。

田原の使ったコーヒーカップの中と、スプーンから、青酸カリが検出されたというものだった。

「食堂車に入ったときのことを、思い出してほしいんですがね」

と、根本刑事は、矢木にいった。

「食堂車は、混《こ》んでいましたか？」

「ほぼ、満席でしたね。しかし、待っている人はいませんでしたよ」

矢木は、そのときのことを思い出そうとするように、眼を宙に走らせた。

「コーヒーは、わざわざ、注文したんですか？」

「いや、洋定食には、コーヒーか紅茶がついているんです。もっとも、田原は、有名なコーヒー好きだから、ついていなければ、別に注文したでしょうね」

「コーヒーは、ウエイトレスが運んできたそうですね？」

「そうです」

「あなたも、飲みましたか？」

「ええ。僕も、コーヒーは、好きですからね」

「しかし、なんともなかった？」

「ええ」

「田原さんが、コーヒーを飲む前後に、何かありませんでしたか？」

「何かといいますと？」

「何でもいいんです。隣りのテーブルの客が、声をかけてきたとか、ウエイトレスが、田原伸一郎と知って、サインを頼んだということとかですがね」

「それなら――」

「何かあったんですか？」

　と、根本は、眼を光らせた。

「女性ファンが二人、サインしてくれといって、僕たちのテーブルにやってきましたよ」

「どんな女性ですか？」

「どんなって、奥のテーブルにいた女性で、田原のサインをもらいにきたんですから、僕は、よく顔を見ていないんです。二十五、六歳ぐらいだとは思いましたがね」

「サインをもらいにきたのは、もちろん、コーヒーを飲む前ですね？」

「ええ。ウエイトレスが、コーヒーを運んできた直後ですね」

「直後ですか」

つまり、飲む直前だということになる。

その女性二人が、サインしてくれといって、田原に近づき、テーブルの上のコーヒーに、青酸カリの粉末を、落としたのではあるまいか。

「サインしてくれといって、その二人の女性は、どうしたんですか？」

「ハンドバッグから、手帳と、ハンカチ、それに、サインペンを取り出して、テーブルの上に置いたんです」

「それで、田原さんは、サインしたんですか？」

「いや、田原は、サインするのは、あまり、好きじゃないんです。特に、休暇をとって、旅を楽しんでいるようなときにはね。だから、むっとしている。マネージャーの僕は、あわてて、またにしてくれといって、二人に、引き取ってもらったんです」

「そのとき、二人の女性は、田原さんのコーヒーに、青酸カリを入れるチャンスは、あったんじゃありませんか？　手帳や、ハンカチを、テーブルの上にのせるときにです」

　根本がきくと、矢木は、ちょっと考えていたが、

「いや、それは、ないですよ」

と、きっぱり、否定した。

「なぜですか？　コーヒーは、テーブルの上に置いてあって、その傍《そば》へ、二人の女性は、ハンカチと、手帳、それに、サインペンを置いたんでしょう？　それなら、何気ない感じで、コーヒーに、青酸カリを入れることは、できたと思うんですがね」

「彼女たちが、何か取り出そうとするんで、僕は、あわてて、田原のコーヒーを、テーブルの端にどけたんですよ。コーヒーが、こぼれたら、大変ですからね」

「それを、ここで、やってみてくれませんか」

　根本は、机の上を片付け、自分の前に、コーヒーカップを置いた。

　矢木は、反対側に廻ると、両手で、そのコーヒーカップを、持ち上げて、机の端に

置き直した。

そうして、中央の空《あ》いたところに、内ポケットから、手帳を取り出して、広げた。

「こうやったんです。だから、あの二人が、田原のコーヒーに、青酸を入れることはできなかったはずですよ。僕は、コーヒーがこぼれちゃいけないと思って、じっと、見ていたんですから」

「間違いありませんか？」

「まだ一日たっていないんですからね。よく覚えてますよ。だから、僕は、二人の女性の顔を、覚えていないんです」

矢木は、はっきりといった。

根本の当惑は、大きくなった。

田原が自殺したとは、考えられなくなってきている。自殺する理由が見つからないからである。

とすれば、何者かが「富士」の食堂車で、田原のコーヒーの中に、青酸カリを混入したことになる。

田原のコーヒーに近づけた人間は、限られている。

マネージャーの矢木、サインを頼んだ二人の女、それに――

（コーヒーを運んできたウエイトレスがいたな）

と、根本は、思った。

食堂車には、ほかにもウエイトレスがいるはずだから、ひとりに、絞れない。食堂車で働いている人間には、全員に、チャンスはあるかもしれない。

根本は、腕時計を見、それから、時刻表を調べてみた。

現在は、九時二十一分。

「富士」は、下関《しものせき》駅を出たところである。

国鉄の食堂車の営業は、日本食堂が、委託されて、営業しているはずである。

根本刑事は、上司の三浦《みうら》刑事課長に、自分の考えをいった。

「マネージャーの矢木が、被害者の田原に、青酸カリを飲ませたとは思えませんし、彼の証言によって、二人のファンらしき女性も、シロだと思います。残るのは、食堂車のウエイトレスだけです」

「すぐ、連絡してみよう」

と、三浦は、いった。

国鉄本社に問い合わせると、下りの「富士」に乗車した日本食堂の人間は、宮崎営業所の十名だということだった。

食堂長以下、調理係四人、会計係一人、そして、ウエイトレス四人の合計十人である。

そして、「富士」の車内では、今朝の六時に、食堂車は、営業を再開し、十一時四十分に、終了する予定だという。

食堂車の十名は、「富士」が、終点の宮崎に着くと、列車を降りて、駅近くにある日本食堂宮崎営業所に帰る。

三浦は、この十名の捜査を、宮崎県警に依頼することにした。

一方、変死した田原伸一郎と、マネージャーの矢木に対する捜査は、東京の警視庁に依頼することになった。

矢木が、田原を毒殺したということは、まず考えられなかったが、しかし、二人の間に、どんな人間的な葛藤《かっとう》があったかわからない。

6

東京の警視庁捜査一課では、この事件を、興味を持って、眺めていた。

べつにブルートレインの食堂車で、殺人事件が起きたからではなくて、死亡したのが、田原伸一郎だったからである。

捜査一課の刑事の中には、田原のファンが多かった。荒っぽい仕事のせいか、単純な二枚目は、好きになれない。自然に、ちょっと癖のある田原のような俳優に、人気が集まるのである。

その田原が死んだという。

静岡県警の依頼を受けて、十津川《とつがわ》は、部下の亀井《かめい》たちに、田原伸一郎と、マネージャーの矢木透の評判を、聞いて廻らせた。

テレビ局、映画会社、それに、二人の友人、知人からの聞き込みである。

「田原伸一郎については、二つの意見がありますね」

と、亀井が、十津川に報告した。

「彼を好きな人間と、嫌いな人間がいるということかね？」

「そのとおりです。男らしくて、信頼できるというプロデューサーや、タレントがいる反面、傲慢《ごうまん》で、親しみにくいという関係者もいます。しかし、共通しているのは、誰もが、田原の才能を認めていることで、彼が死んだことは、日本の芸能界にとって、大きな損失だといっています」

「殺されるほど、憎まれていなかったということになるね？」

「そうですね。好き嫌いはあっても、彼の才能は、誰もが認めていたようですから」

「彼の女性関係は、どうだったんだね？」

「それについて、面白いことを聞きました。田原は、無名のころから、有名女優と噂《うわさ》を立てられてきたというのです。去年別れた奥さんも、七年前に結婚したときは、彼女のほうが、有名な舞台女優だったと聞き込みました。つまり、素人《しろうと》の女性とは、問題は起こさないということなんです」

「矢木透のほうは、どうなんだ？」

「矢木は、現在は、三木プロダクションの社員で、田原のマネージャーをしているが、三年前までは、俳優でした。昔は、田原より有名で、二枚目として期待されていたこともあったようです」

「それが、マネージャーか。とすると、鬱屈《うっくつ》した感情を、田原に対して持っているかもしれないな」

「それは、考えられますね。本来なら、自分のほうが、有名になっているはずだったと、絶えず、思っているでしょうから」

「矢木が、殺したと思うかね？」

「わかりません。動機はなかったとは、いい切れませんからね。しかし、ブルートレインの食堂車で、なぜ殺したのか、その理由がわかりません。マネージャーだったら、いつでも、チャンスはあるでしょうからね」

亀井が、首をかしげたとき、静岡県警から電話が入った。

刑事課長の三浦からだった。

「宮崎県警から連絡があったんだが、食堂車のウエイトレスは、シロらしい。調理師やウエイトレスの全員について調べたんだが、いずれも、宮崎県の人間で、田原伸一郎や、マネージャーの矢木とは、まったく、接点がなかったといっている」

と、三浦は、いった。

「食堂車の従業員がシロだとすると、容疑者は、矢木だけになってしまうんじゃありませんか？　ファンだという女性二人が、田原にサインしてくれといったそうですが、彼女たちは、チャンスがなかったわけでしょう？」

「矢木は、彼女たちには、コーヒーに、青酸は入れられないといっているし、その言葉は信頼がおけると思っているよ」

「すると、残るのは、矢木か、田原自身ということになりますね？」

「自殺の線はないと思っている。そちらの捜査はどうだね？」

「矢木には、動機があることがわかりました」

十津川は、亀井たちが、聞き込んできたことを、三浦に伝えた。

「なるほどね」

と、三浦は、肯《うなず》いて、

「男の嫉妬《しっと》か」

「矢木が、自分のほうが才能があったのにと思っていれば、余計、屈折した感情を、田原に対して、持っていたと思いますね」

「しかし、十津川君。彼が犯人だとしたら、なぜ、自分しか容疑者がいないように、いっているんだろうな。二人の女性ファンにも、コーヒーに、青酸を入れられたといえば、矢木から、彼女たちに疑いが向くのにだよ。そこが、わからんのだ」

「二人の女性ファンというのは、実在したんですか？　矢木の嘘《うそ》じゃないんですか？」

「いや、実在したんだ。宮崎県警で、食堂車の従業員にいろいろと聞いたところ、田原たちに、コーヒーを運んだウエイトレスが、二人の女性のことを、よく覚えていたそうだ。矢木のいったとおり、ウエイトレスがコーヒーを運んだ直後に、奥のテーブルから立ってきて、田原さんでしょう、サインをしてくださいと、いったといってる。それで、ウエイトレスも、田原伸一郎だと、気がついたそうだよ」

「実在したんですか」

「二人とも、二十五、六歳で、なかなか、美人だったといっている。ただ、素人の感じではなかったそうだ」

「田原と同じ芸能人ということですか？」

「いや、水商売の女性に見えたといっている」

「なるほど」

と、十津川は、肯いた。が、顔には、当惑の色が浮かんでいた。

電話を切ると、亀井を呼んだ。

「今夜、二人で、ブルートレインの『富士』に乗ってみようじゃないか」

「どこまでの切符を買っておきますか？　九州までの切符だと、今から、手に入らないかもしれませんよ」

「いや、途中まででいいんだ。田原たちのように、食堂車で、食事をとってみたいんだ。何か、見過ごしていることがあるかもしれないからね」

7

静岡県警の捜査も、壁に突き当たってしまっていた。

「富士」の食堂車で、田原のコーヒーに、青酸カリを入れられたのは、矢木だけということになった。

それなら、矢木を犯人と断定すればいいのだが、それが難しいのだ。東京警視庁の捜査で、矢木に、動機のあることもわかった。男の嫉妬は、ときには、女のそれより強いだろう。

しかし、問題は、警視庁の十津川警部にもいったのだが、矢木が犯人なら、なぜ、自分を追いつめるのだろうかという疑問が、わいてくる。

田原は自殺するはずがないといったのも、矢木だし、サインを頼んだ二人の女にも、田原のコーヒーに、青酸カリを入れるチャンスはなかったと証言したのも、矢木なのである。

彼が、犯人なら、こんな馬鹿げた証言はしないだろう。

その当惑は、十津川も、同じだった。

十津川と、亀井は、当惑したまま、その日の午後六時、東京駅から、「富士」に乗った。

今日も、梅雨《つゆ》特有のうっとうしい天気で、列車が、東京駅を出発するころから、とうとう、雨が落ちてきた。

六時三十分に、食堂車の営業が始まったという車内アナウンスがあった。

「行こうじゃないか」

と、十津川は、亀井を促した。

通路を歩いて、8号車まで行く。

食堂車は、まだ、半分ほどしか、テーブルが、埋まっていなかった。

十津川と、亀井は、窓際のテーブルに向かい合って腰を下ろすと、田原たちと同じように、ビーフシチュー定食を注文した。

「これで、何かわかりますかね？」

亀井が、心細そうにいった。

昨日、田原たちが乗った下りの「富士」は、今、上りの「富士」として、東京に向かっているはずである。

ということは、この列車は、昨日の「富士」とは違う車両だし、食堂車で働いているウエイトレスたちも、別人である。

これで、何か分かるのだろうか？

「まあ、のんびりと、食事を楽しもうじゃないか」

と、十津川は、いった。

まず、ビーフシチューと、ご飯が運ばれてきた。

「なかなか、美味《うま》いじゃないか」

と、十津川は、亀井にいった。

千二百円という値段にしては、美味いと、十津川は思った。

お皿を下げにきたウエイトレスが、二人に、

「あとは、コーヒーになさいますか？　それとも、紅茶になさいますか？」

と、きいた。

昨日、田原たちも、同じように、いわれたのだろう。

「コーヒー」

「私もだ」

と、二人は、いった。

すぐ、コーヒーがきた。

十津川は、スプーンをつまんでから、急に、眼を光らせた。

「カメさん。これを見たまえ」

と、十津川は、コーヒーカップの横に、ちょこんとのっている五グラムの砂糖を入れた小さな袋と、ミルクの入ったカップを、指さした。

ミルクを入れたカップは、市販されているものである。砂糖の包みには、「日本食堂」と、印刷してあった。

「コーヒーそのものに、青酸カリを入れなくても、この砂糖袋か、ミルクのカップに、青酸カリを入れておけばいいんだ」

十津川の言葉に、亀井も、顔を輝かせて、

「これで、二人の女性ファンが、また、容疑者になりましたね。矢木は、彼女たちには、コーヒーに、青酸は入れられなかったといっていますが、砂糖の袋や、ミルクのカップを、すりかえられたかもしれませんからね」

「ミルクのカップのほうは、スーパーなんかで、五個か十個いくらで売っているやつだ。砂糖袋は、日本食堂の名前が入っているが、国鉄の食堂車で、コーヒーか、紅茶を注文すれば、必ずついてくるから、前もって用意しておくことは可能だよ。そして、青酸カリを混ぜておき、昨日、食堂車で、田原のものと、すりかえたんだ」

8

二人は、沼津で降りて、静岡県警に向かった。

静岡で降りれば、いちばん近いのだが、「富士」は、静岡に停車しないのである。

県警本部に着くと、すぐ、三浦刑事課長に会って、ミルクカップと、砂糖の袋のことを話した。

「それは、気がつかなかったね」

と、三浦は、眼を大きくして、

「コーヒーに直接、青酸カリを入れる必要がないとすると、君のいうように、二人のファンの女性にも、チャンスは、あったことになる。もう一度、矢木に話を聞いてみよう」

三浦は、十津川にも、同席させてくれた。

矢木は、当然のことながら、疲れた顔をしていた。

「食堂車で注文したコーヒーには、これがついていたはずだがね？」

と、三浦は、十津川が、「富士」の食堂車から持って来たミルクカップと、砂糖の包みを、矢木に見せた。

「ええ、覚えていますよ」

と、矢木は、あっさり肯いた。

「それなら、例の二人の女性ファンだがね、コーヒーに青酸を入れたんじゃなくて、前もって、青酸カリを混入しておいて砂糖袋か、ミルクカップを、すりかえることは、できたんじゃないかね？」

と、三浦は、きいた。

相手が肯くのを期待して、十津川も、矢木を見つめた。

しかし、矢木は、しばらく考えていたが、首を横に振った。

「それも、できなかったと思いますよ」

「なぜだね？」

三浦は、眉をひそめた。

自分たちが、逃げ道を作ってやっているのに、それを、一つ一つ、消すような矢木の証言が、腹立たしく思えるといった三浦の表情だった。

だが、矢木は、「コーヒーカップと、受け皿を持ってきてください」といい、それが運ばれてくると、皿の上に、ミルクカップと、砂糖袋を、のせた。

「食堂車のウエイトレスは、こうやって、コーヒーを運んできたんです」

「私たちが、今日、『富士』の食堂車で、食事をしたときも同じだったよ」

と、十津川が、いった。

「そうだと思いますね。それで、二人の女性が、サインをもらいにきたときですが、僕は、田原のコーヒーが、こぼれちゃ大変だと思って、お皿ごと持ちあげて、テーブルの隅に移したんです。彼女たちとは、もちろん、反対の隅です。コーヒーカップの横に、ミルクカップと、砂糖の包みものっていたわけですから、この二つも、皿と一緒に移動したわけですよ。彼女たちが、手を伸ばして、ミルクカップか、砂糖袋をすりかえたら、僕には、すぐわかりましたよ」

矢木は、きっぱりといった。

確かに、そのとおりかもしれなかった。

コーヒーカップと、ミルクカップや砂糖の包みが、別の場所にあれば、すりかえに、矢木が気付かなかったろうと推測できるが、彼のいうように、二つが、皿の上にのっていたとすると、すりかえは、不可能になってくる。

また、壁にぶつかってしまったのだ。

三浦課長は、黙ってしまった。

十津川は、苦笑しながら、

「君は、いつも、田原伸一郎のコーヒーを、わざわざ、どけてやったりするのかね？　なぜ、田原伸一郎は、自分で、どけないのかね？」

と、きくと、矢木は、肩をすくめた。

「僕は、マネージャーですからね。それに、田原は、根っからの芸人でしてね。芸以外のことには、まったく無頓着《むとんじゃく》なんです。だから、細かいことは、僕がやってやらないとね」

「なるほどね。しかし、二人の女性ファンがシロだとすると、田原伸一郎のコーヒーに、青酸カリを入れられたのは、君だけになってしまうんだよ。食堂車のウエイトレスも、シロだとなったしね」

「僕は、田原を殺したりはしませんよ」

「しかし、彼に対しては、鬱屈した感情を持っているんじゃないかね？　昔は、俳優として、君のほうが、人気があったようだから」

十津川がいうと、矢木は、ひどく苦い笑い方をした。

「それは、否定しませんがね。それだけで、田原を殺したりはしませんよ。僕は、自分も俳優だったから、彼の才能の素晴らしさが、よくわかるんです。彼の性格や、生き方には、必ずしも同調できませんが、誰かが、彼を殺そうとしたら、僕は、そいつを、殺していたでしょうね。そのくらい、僕は、彼の才能を買っていたんです」

矢木は、その言葉を、かみしめるように、ゆっくりといった。

(いい顔をしているな)

と、十津川は、思った。

昔は、典型的な二枚目だったというが、今は、中年の渋みが加わって、いい顔になっている。おそらく、俳優をやめなければならなかったことなどが、この男に、男の影みたいなものを付け加えたのだろう。

9

十津川は、静岡県警の電話で、東京にかけ、部下の西本《にしもと》刑事を呼び出した。

「矢木マネージャーのことを、もう一度、調べてくれないか」

「やはり、彼が犯人なんですか？」

「いや、たぶん違うだろう。矢木の女性関係を主に調べてもらいたいんだよ。矢木は、今でも渋い二枚目だ。それに、田原と違って、傲慢でもないし、優しいところがある。

苦労しているので、相手に対する心遣いも細やかだ。となるとだね、田原と違った意味で、女性にもてるんじゃないかな。一般の人は、田原伸一郎に憧れて、矢木の名前なんか知らないだろうが、クラブのホステスなんかは、矢木に惹《ひ》かれるんじゃないかね」

「そういえば、警部。田原伸一郎に、食堂車でサインをしてくれといった二人の女性は、水商売の女らしかったということでしたね」

「矢木によれば、彼女たちに、毒殺はできなかったという。矢木が、しっかりと、田原のコーヒーカップを見ていたからだ。マネージャーとして、当然のことだろうって いうが、そのぶん、自分のコーヒーが、どうなっているか、見張ってはいなかったはずだよ」

「なるほど。わかりました。すぐ、調べてみます」

と、西本は、いった。

その日の深夜になって、西本から、報告が入った。

「あれから、銀座や、六本木あたりのクラブやスナックを廻って歩きました。矢木がよく行く店は、六本木にありましたよ。『イヴ』という店です」

「そこに、矢木と関係のあるホステスがいるのかね？」

「いたといったほうがいいかもしれません」

「いた――？」

「店での名前を、ケイ子という二十九歳のホステスです。三カ月前に、自殺しています」

「自殺の原因は、矢木かね？」

「矢木に惚《ほ》れていたようです。二十九歳という年齢もあって、ひそかに、矢木との結婚を考えていたんじゃないかと、店のママは、いっていますね」

「しかし、矢木には、奥さんがいるんだよ」

「だから、ママさんは、彼女が、勝手に惚れて、勝手に結婚を夢見て、勝手に失恋して、勝手に自殺してしまったといっています。それだけに、可哀そうだと」

「なるほどね」

「もう一つ、興味のあることがわかりました。この店の二人のホステスが、ここ三日ほど、店を休んでいるそうです。名前は、君子《きみこ》と、しず江で、いずれも二十六歳。自殺した女性と、仲が良かったそうです。というより、この二人は、死んだケイ子を、姉さんみたいに思っていたということです」

「その二人が、矢木が、六月二十四日の『富士』に乗ることを知っていたんだろうか？」

「知っていたと思いますね。矢木は、田原と一緒に飲みにきて、『富士』で、別府へ行くことを話していたといいますから」

10

十津川は、三浦課長と一緒に、もう一度、矢木に会った。

「六本木の『イヴ』というクラブに、よく行くんじゃないかな？」

と、十津川は、矢木にきいた。

「ええ。ときどき、行きますよ、それが、どうかしたんですか？」

矢木は、首をかしげている。

「その店で、ケイ子というホステスが自殺した。君と結婚できないことに、落胆してね」

「そんなことを聞いたことがありますが、僕は、彼女に、結婚するとは、ぜんぜん、いっていないんですよ」

「だから、ママさんも、勝手に、君との結婚を夢見て、勝手に絶望して、勝手に、自殺したといっている」

「それが、田原の死と、何か関係があるんですか？」

「同じ店に、君子と、しず江というホステスがいる」

「知っていますよ」

「その二人は、ここ三日間、店を休んでいる。『富士』の食堂車で、田原伸一郎のサインを頼みにきたのは、彼女たちじゃないかと思うんだがね」

「しかし、僕は、二人の顔を知っているんですよ」

「だが、君の知っているのは、店での、夜の顔じゃないかね。厚化粧をして、派手なドレスを着た彼女たちで、化粧を落とした普段の顔は、知らなかったんじゃないかね？」

「それは、そうですが――」

「それに、君は、彼女たちの後ろ姿しか見ていなかったんだろう？」

「ええ」

と、矢木は、肯いてから、

「彼女たちが、田原をではなく、僕を殺そうとしたというんですか？」

「そうだ」

「しかし、僕は、死んでいないじゃありませんか」

「二人は、サインを頼んで、注意を田原に向けさせておいて、君に、青酸カリを飲ませようとしたんだ。しかし、君は、コーヒーを飲んでも死ななかったから、コーヒーに直接、青酸カリを入れたわけじゃない」

と、十津川は、じっと、矢木を見て、

「君は、コーヒーをブラックで飲むんじゃないのかね？」

「ええ」

「それだよ」

と、十津川は、いった。

「え？」

「二人は、君のコーヒー好きは知っていたが、ブラックで飲むのは知らなかった。だから、砂糖の包みに、青酸カリを混ぜておいて、すりかえたんだ。それで、君を、毒殺できると思ってね」

「思い出しましたよ。僕が、砂糖を入れずに飲んでいたら、田原が、甘さが足らないからといって、僕の砂糖も、自分のコーヒーに入れて飲んだんです」

矢木は、言葉を切ると、しばらく、じっと考え込んでいた。

「僕が、田原を殺したことになるんでしょうか?」

と、矢木が、きいた。

十津川は、黙っていた。

関門三六〇〇メートル

1

いつだって、一一〇番は鳴りっ放しだ。

うんざりするほど、毎日、事件があり、助けを求める声でパンクしそうなのだ。

問題は、そうした声の中から、担当官が真実の声を聞き分けられるか否かにかかっている。

それだけ、悪戯《いたずら》や針小棒大な電話も多いということである。

刑事の数もパトカーの数も、限られている。いい加減な電話で、貴重な力を分散はさせられないのだ。

殺される、助けてという若い女の悲鳴があって、パトカーが駆けつけたら、犬も喰わない夫婦喧嘩《げんか》だったということは、しょっちゅうである。パトカーが着いた時には、夫婦喧嘩はおさまっていて、駆けつけた警官に白い眼をむけたりする。

ばかばかしいが、一一〇番した時には、女の方は殺されると思ったのだろうから、許せないことはない。

　何も事件が起きていないのに、一一〇番して来る人間がいる。いわゆる一一〇番マニアというやつだ。パトカーが出動して来るのを見たいので、電話するというのが意外に多いのである。

　消防車が駆けつけるのを見たいために、一一九番するマニアがいるのと同じだった。おかしな人間が、一一〇番してくる場合もある。

　ＵＦＯがやって来て自分を連れ去ろうとしているという恐怖から、一一〇番してくる若い男がいて、最初はあわててパトカーが駆けつけたものである。

　しかし、二回三回と重なると、担当官の方も、相手の声を覚えて引っかからなくなってくる。

　事実か悪戯かわからない時もある。担当官が迷うのは、そんな時だ。ひょっとすると、大事件につながる声かも知れないからである。

　十一月十八日の夜、いきなり飛び込んで来た男の声も、そのひとつだった。

「キチが危《あぶな》い！」

　と、いきなり、切羽《せっぱ》つまった声でいったのである。

「キチ？　キチって、何だ？」

「キチはキチだ。早く、手を打ってくれ。キチが危いんだ。頼む！」

「キチというと、空軍基地みたいなことかね？」

「そうだ。そのキチだよ。早く手を打つように、いってくれ。危険なんだ」

男は、それだけいうと、急に黙ってしまった。

電話を切ってしまったのだが、一一〇番は相手が切ってもつながっている。

パトカーが急行した。場所は、新宿東口の公衆電話ボックスだったが、男は姿を消していた。

二日後の二十日の夜に、また、同じ男の声で一一〇番があった。

「キチが危いんだ。時間がないんだ。手を打ってくれ！」

と、また、その男はいった。

「くわしい説明をしてくれなければ、手の打ちようがないよ。どんな基地で、どう危いのか、教えて下さい」

担当官は、辛抱強く、電話の声の主《ぬし》に向って話しかけた。

「おれにだって、くわしいことは、わからないんだ。ただ、恐しいことが、計画されている。だから、キチを――」

突然、男の声が消えた。

その切れ方が不自然だった。

今度は、小田急線狛江《こまえ》駅近くの公衆電話ボックスだった。

パトカーが急行した。

電話ボックスの中には、人影はなかった。が、そこから、五十メートルほど離れたビルのかげに、三十歳ぐらいの男の死体が横たわっているのが発見された。

背中を数カ所刺されており、それが死因と見られたが、後頭部にも強打された痕《あと》があった。

2

事件を担当した十津川《とつがわ》警部は、殺人そのものより、一一〇番との関係を重視した。

殺された男が、一一〇番して来て、「キチが危い！」と叫んだ声の主かどうか、確証はない。

だが、この電話を受けた担当官は、電話の切れ方が異常だったと、十津川にいった。

「私の直感ですが、突然、誰かに襲《おそ》われたのではないかと思いました。それで、パトカーに急行して貰《もら》ったんです」

「そのテープを聞きたいな」

と、十津川はいった。

二日前の第一回のテープも用意され、十津川は、亀井《かめい》刑事と二人で聞いた。


〈キチが危い！〉

〈キチはキチだ。早く、手を打ってくれ。キチが危いんだ。頼む！〉

〈そうだ。そのキチだよ。早く手を打つように、いってくれ。危険なんだ〉

〈キチが危いんだ。時間がないんだ。手を打ってくれ！〉

〈おれにだって、くわしいことは、わからないんだ。ただ、恐しいことが、計画されている。だから、キチを――〉


十津川は、何回も、同じテープを聞いた。

全《すべ》て、同じ男の声であることは、間違いない。

「単なる悪戯とも、思えませんね」

亀井がいった。

「そうだな。悪戯なら、もっと、具体的にいうだろう。新宿歌舞伎町で人が殺されているとか、銀行が襲われているとかね。あいまいなだけ、真実味があるよ」

「しかし、これだけじゃあ、何のことかわかりませんね。キチというのは、基地でしょうが」

「すぐ思いつくのは、航空自衛隊の基地か、海上自衛隊の基地だが」

「そこを、何者かが狙《ねら》うとでも、いうのでしょうか？」

「もし、そうなら、大変だな。日本で武器が大量にストックされているところといえば、自衛隊だけだからね」

十津川の頭に、一瞬、とてつもない悪夢が浮んだ。

最新鋭のＦ15や、攻撃ヘリコプターが盗み出されて、犯罪に利用される光景である。或《あ》いは、潜水艦が丸ごと一隻《せき》、占領されてしまう悪夢である。

そうなったら、もう、警察の手には負えない。いや、自衛隊だって対応に困り、本当の悪夢になりかねない。

「何者かが、自衛隊の基地を襲うという警告だろうか？」

十津川は、自信のない顔で、亀井にきいた。

「私にも、わかりませんね。襲われたら、大変だとは思いますが」

と、亀井も首をかしげている。

十津川は、テープをコピーして貰い、それを捜査一課に持ち帰って、本多《ほんだ》一課長にも聞いて貰うことにした。

本多も、聞き終ると、困惑の表情になった。

「自衛隊の基地が、狙われるのだろうか？」

「警戒は厳重だし、射殺されることもありますから、まずないと思いますが、あったときは大変です」

「あるとしたら、狙いは武器か」

「そうですね。日本で、一番、武器が貯《たくわ》えられている場所ですから」

「暴力団が、武器欲しさに自衛隊の基地を襲う、そんなことが現実にあり得るかね？アメリカなら、考えられるが」

「今は、日本の犯罪も次第にアメリカに近づいて来ていますから、全《まった》くないとはいい切れません」

「一応、自衛隊に連絡しておくか」

「そうして下さい。男の言葉の調子や、殺されたところをみると、事態は切迫しているように思われますから」

と、十津川はいった。
三上《みかみ》刑事部長を通して、すぐ、防衛庁に連絡をとった。
その結果、どういう対策がとられるのか、警告は無視されるのか、わからないまま
に、十津川たちは成城署に捜査本部を設《もう》け、殺人事件そのものの解決に当った。
まず、被害者の身元である。
所持品が調べられた。財布はなかった。小銭が、ポケットに六百三十円入っていた
だけである。
安物の腕時計。背広も、コートも、靴も、上等なものではなかった。上衣《うわぎ》に名前は
入っていない。
身元を証明するものは、何も持っていなかった。
身長百七十センチ。体重六十五キロ。靴は二十五。平均的な日本人の感じである。
指紋も照合されたが、前科者カードには見つからなかった。
問題の公衆電話ボックスと、死体のあったビルの周辺で、聞き込みが行われた。
だが、一一〇番があったのが、午後十一時十六分。死体が発見されたのが、十二時
五分という深夜では、目撃者は、なかなか見つからなかった。
被害者が電話の主とすると、犯人は、いきなり後頭部を殴りつけて気絶させ、ビル

のかげまで運んでから、背中を刺して、殺したと思われる。血痕が、ビルのかげだけにしか、付着していなかったからだ。

夕方になって、本多課長が、捜査本部に姿を見せた。

「防衛庁の方は、どうでした？」

と、十津川の方から、本多にきいた。

「向うさんは、歯牙《しが》にもかけていないね。そんなことはあり得ないというんだ。全ての基地は、二十四時間、警戒態勢が敷かれているし、五人や、十人で、襲撃できるものじゃないといっている」

「そうですか」

「四課に、暴力団の動きを聞いてみたんだが、それらしい動きは全くないといっていたよ。どの組でも、武器は欲しがっているが、自衛隊の基地を襲撃するだけの勇気のある組は、ないだろうということだ」

「現在、抗争中の二つの組織は、どうですか？　海外での武器調達に失敗して、眼を国内に向けたということは、ありませんか？」

「なさそうだね。今度、それに失敗したら、それこそ、警察と自衛隊の両方を敵に廻してしまうからね」

「自衛隊の基地を狙うとすれば、大きな組織だと思うのです。それも、武器を緊急に必要としている大きな組織です」

と、十津川はいった。

「そうなら、暴力団しかないねえ」

「そうなんです。その暴力団の線が消えてしまうと、自衛隊の基地じゃないのかも知れません」

「他に、基地と呼べるものがあるかね？」

「それを、探してみます」

十津川は、本多にいった。

被害者の身元を調べるために、似顔絵を作り、新聞に公表した。が、一一〇番とのやりとりは、秘密にした。

十津川は、部下の刑事たちを集めると、黒板に、「基地」と書いた。

「自衛隊の基地以外に、何か考えられたら、ここに、各自で書き出して欲しい。どんな基地でも構わないんだ」

と、いった。

刑事たちが、勝手に、黒板に書き込んでいった。

宇宙基地
登山の基地《ベース》キャンプ
南極の昭和基地

そこまでは、簡単に書かれていったが、急に止まってしまった。

「ないもんですね」

亀井が、感心したようにいった。

普通、「基地」という言葉でいわれているものが、軍事的なものだからだろう。

その亀井が、翌日、捜査本部に出てくると、いきなりチョークを手にとって、黒板に、

〈車両基地〉

と、書いた。

「昨日、家に帰って、何気なく息子の本を見ていたら、この言葉にぶつかったんです。国鉄や、私鉄では、車両基地という言葉を使っているんです」

と、亀井が、十津川に説明した。

「そういえば、カメさんの息子は、鉄道マニアだったね」

「そうです。マニアの間で、車両基地の見学ツアーなども設けられているそうですよ。車両基地は、新幹線も含めると、何カ所もあるそうです」

「機関車や客車を、とめておくところだろう？」

「そうです。大きな基地になると、何百両という車両が配置されているようです」

「しかし、カメさん。誰かが、多分、何人ものグループだろうが、国鉄か私鉄の車両基地を襲って、何をするんだろう？　別に、そこに、金塊が貯蔵してあるわけじゃないだろう？」

「そうです。機関車、客車、時には、貨車も置いてありますが、それだけです」

「一両、何トン、いや、機関車なら、何十トンか。そんな重いものを盗んでも、仕方がないんじゃないかね？　第一、売れないだろう？」

「そうですね。買い手がいませんね。鉄道関係者以外、必要ないわけですから」

「そうなんだよ。マニアが欲しがるかも知れないが、あんな大きなものは、隠して持っていられない。名画なら、盗品を買って、ひそかに楽しむことが出来るがね。それに、レールの上を走らせなければ運べないだろう？」

「そうですね」

「車両基地なら、職員が沢山いるから、その給料を狙うということも、考えられなくはないが」

「いや、それもないと思いますね。給料は、今は銀行振込みです。狙うなら、大きな駅の一日の売上げの方でしょう。東京駅ぐらいになれば、一日の売上げが一億円をこえるといいます」

「すると、国鉄、私鉄の車両基地を襲う意味は、ほとんどなくなってしまうな」

「そうですね。すると、一一〇番の『キチ』は、車両基地ではないのかも知れませんね」

亀井も、急に元気がなくなった。

金が欲しければ、犯人は、車両基地なんかより、銀行か、郵便局、或いは農協を狙うだろう。その方が、確実に金があるからである。

しかし、一一〇番のテープは、何度、聞いても、「キチ」である。

それは、「空軍基地みたいなものか？」ときいたのに対して、「そうだ。そのキチだ」と、男はいっている。

つまり、基地なのだ。

十津川は、もう一度、黒板の文字に眼をやった。

どう見ても、四つ並んだ基地の中では、鉄道の車両基地が、一番、可能性があると思うのだ。

宇宙基地は、日本では問題にならない。

登山の基地《ベース》キャンプが危いのを、一一〇番しても仕方がないだろう。

外国の山だとすると、日本の警察の出る幕はないし、国内の山なら、その県の警察に電話すべきだろう。

南極の昭和基地も、警察の権限外である。

この三つよりは、自衛隊の基地の方が、まだ、現実性がある。

しかし、これも、自衛隊がガードするだろう。

やはり、残るのは車両基地なのだ。

十津川は国鉄本社に行き、これまでに、いくつかの事件で、顔なじみになっている総裁秘書の北野《きたの》に会った。

「車両基地ですか」

と、北野も変な顔をした。

「そうです。車両基地がグループに襲われる可能性がありますか？」

十津川はきいてみた。

「さあ。そのグループが、何のために車両基地を襲うのかわからないのでは、お答えのしようがないんですが」

「その点、私にも、わからないのですよ。ただ、可能性が否定できないので、弱っているのです」

「しかし、機関車や客車を盗んでも仕方がないでしょう。第一、よほど大きなトラックじゃないと運べませんよ」

「そうなんです。国鉄の車両基地というのは、全国で、どのくらいあるんですか？」

「車両基地という名前は、本当はついていません。全国に鉄道管理局があって、その中に、運転所、運転区、機関区、電車区、気動車区、客車区などがあって、それを車両基地と呼んでいるわけです」

「なるほど」

「少くとも、二百はありますね」

「そこに、車両が配置されているわけですね？」

「そうです。小さいところでは、七、八両しか置いてありませんが、大きいところでは、五百両を越す車両が配置されていますね」

「そのどこかに、例《たと》えば、金塊が置かれているというようなことはないでしょうね？」

と、十津川がきくと、北野は笑って、

「そんな隠し財産があれば、赤字国鉄だから、とうに処分して、赤字補塡《ほてん》に当てていますよ」

「まあ、そうでしょうね」

と、十津川も笑ってから、

「車両基地で、一番、金目のものというと、やはり、車両ですか？」

「そうでしょうね。新幹線基地なんかは、特にそうです。何億円という車両が、ずらりと並んでいますから。しかし、盗み出せるものじゃありませんよ。盗んでも置き場所がないと、大きなトレイラーにのせて運ぶにしても、目立つし、のろのろとしか運べません。すぐ、見つかってしまいますよ」

「部品を盗むということは？」

「たまに、鉄道マニアが、ブルートレインの機関車についているヘッドマークなんかを盗みに、車両基地に忍び込んだりしますがね。それは、マニアで、単価は知れているものですから、グループで盗んでも、仕方がないと思いますね」

「そうでしょうね。考えると、車両基地に忍び込む理由がないんだな」

「目的がわかれば、いろいろと考えられますが」

と、北野がいう。

「それが、全く、わからないのですよ。ただ、事態が切迫していることは明らかです」

「なぜ、そう思われるんですか？」

「一一〇番して来た男の声の調子です。それに、時間的に余裕があれば、殺されもしなかったと思いますね」

「仲間が、殺したと思うんですか？」

「そうです」

「なぜです？」

「一一〇番した男が問題のグループの一員でなければ、はっきりとどこの車両基地といったでしょう。少くとも、車両基地とはいったと思いますね。その日時も、どんなグループかも、はっきりといった筈《はず》だと思うのです。ところが、細かいことは何もいわなかった。そこに私は、仲間のことをいわなければならない、ためらいがあったんじゃないかと思うのです」

「なるほど」

「どんなグループかをいってしまうと、仲間が逮捕される危険がある。また、くわしい日時や、場所をいうと、警察が罠《わな》を張るかも知れない。そうなれば、やはり、仲間が逮捕されてしまう。そこで、わざとあいまいにいい、警察が動き廻ってくれれば、仲間が、それを気にして、計画を中止してくれるのではないかと考えたんじゃないかと思うのですよ」

「しかし、彼は殺されてしまったわけですね」

「そうです。つまり、彼の仲間は、やる気でいるんですよ。しかも、それは、間近かに迫っていると思わなければなりません」

「二百もある車両基地を、全部、監視するわけにはいきません。それに、今、国鉄内部は、民営、分割ということで、ゆれていますからね。気をつけろと命令しても、果して、その気になるかどうか、私には自信がありません。具体的なことは、何一つ、わかっていないとなると猶更《なおさら》です」

「一つの車両基地がグループに占拠されたら、どうなりますか？」

　十津川がきくと、北野は、「そうですねえ」と考え込んだ。

「その車両基地の大きさや、占拠された時間にもよりますがね。例えば、新幹線の仙台第一運転所は、二百三十六両の車両が配置されています。大阪第一運転所に至っては、一千三十四両の車両です。もちろん、普段は、その車両は運転所を出て、走っているわけですが、占拠する時間によっては、新幹線の運行が、がたがたになってしまうでしょうね」

「そうでしょうね」

「しかし、占拠して、どうする気ですかね？　そこがわかりませんが」

「金を要求するつもりかも知れません」

「国鉄にですか？」

「新幹線の車両は高価でしょう。それを、何百両も人質にとる。金を渡さなければ、その基地にある車両を、全部、爆破してしまうと、脅《おど》かすことは出来るかも知れませんね」

「しかし、逃げられませんよ。犯人は、どうやって逃げるんですか？」

「逃げる方法さえわかれば、面白い計画だと思いませんか？」

十津川がきくと、北野は眉《まゆ》をひそめて、

「私は、面白いとは思いませんね」

「一番車両の多い基地は、どこですか？　今、話に出た新幹線の大阪第一運転所ですか？」

「そうですね。一千三十四両ですからね」

「狙われているのは、その車両基地かな」

十津川は、独り言のようにいった。

3

国鉄の各車両基地に、注意を払うように指示して貰うという、ひどく、あいまいなことしかいえずに、十津川は、捜査本部の置かれた成城署へ帰らざるを得なかった。

念のために、東京周辺の私鉄の本社にも、電話で連絡した。

しかし、十津川は、そんなことは何の役にも立たないだろうと思っていた。

国鉄本社から指示を受けた日本全国の車両基地でも、どう対処していいかわからないのではないか。

どんなグループが、何のために車両基地を襲うか、全くわからずに、ただ、注意しろといわれるからである。

（注意の仕方がわからない）

と、いう声が、当然、起きてくるだろう。

車両を盗もうとしているとか、その車両基地を爆破しようとしているとか、具体的なことがわかっていれば、各基地でも対応の仕方がわかるのだが。

「まだ、被害者の身元は、わからないかね？」

十津川は、部下の刑事たちの顔を見廻した。

「前科者カードにはありませんでしたし、新聞やテレビに出した似顔絵に対しても、まだ、反応がありません」

「身体的な特徴は、どうかね？」

「解剖した医者の報告書が来ています」

亀井が、それを十津川に見せた。

死因は、やはり、背中の刺傷による出血死だった。後頭部を殴ってから、引きずって行って、刺したということだろう。

十津川が、興味を持ったのは、右腕の肘《ひじ》の軟骨を削《けず》る手術を受けたことがあるという、医者の所見だった。

「カメさんはどう思うね？」

と、十津川はきいた。

「私も、それに興味がありました。右肘の軟骨を削るというのは、よく、野球選手にあることだと思うのです。ピッチャーが投げ過ぎて、肘の軟骨が飛び出してしまい、手術で削り取るというのを聞いたことがあります」

「しかし、被害者は、百七十センチしかない。プロのピッチャーとは考えられないね」

「同感です。多分、高校から、大学かノンプロまで、投げ続けていたんだと思いますね」

「その線で、至急、当ってみてくれないか。きっと、野球で有名な高校だったんだろうと思うね」

「野球漬《づ》けの高校は多いですよ。甲子園への道を競《きそ》っている高校は、全国で三千校を越すといいますから」

「各県警の協力も仰《あお》がなければならないな。その方は、課長に頼んでみるよ」

と、十津川はいった。

被害者の年齢は、三十歳前後である。となると、高校で野球をやっていたのは、十三年から十五年くらい前だろう。

各県の県警の協力を得て、有名野球高の野球部長に聞いて貰うことにした。

亀井のいったように、甲子園を目ざす高校は三千校を越える。

その一校一校に当るのだから、各県警が協力してくれても、大変な仕事である。

ただ一つ、救いだったのは、身長百七十センチで投手だったということである。高校時代から、恐らく、小さな大投手といわれていたことだろう。肘が悪くなるほど投げているのだから、凡庸《ぼんよう》な投手なら、すぐ、野手に転向している筈である。

各県警にも、「小さな大投手」という線で調べてくれと頼んでおいた。そう限定することは危険もあったが、何しろ、危機が迫っているという思いが、十津川にはあった。

あるグループが、どこかの車両基地を占拠して、機関車か客車を奪うといった事件ではなさそうな気がして来たのだ。そんな、ルパンもどきの計画なら、仲間（と思われる）の一人が、死を賭《か》けて、一一〇番したりはしないだろう。その仲間から逃げ出して、見ていればいいのだから。

何か、もっと、大きいか、残酷なことが予想されたからこそ、被害者は一一〇番して来たに違いないのである。

それでも、亀井がまとめた名簿には、全国で、十一名の名前がのることになった。

いずれも、身長は百七十センチか、それ以下の投手である。百六十三センチという、ちびっこ投手ものっている。三十歳までに七センチ伸びたかも知れないので、これだけでは、除外、出来なかった。

写真も電送されて来た。

明らかに違う顔のものは除外した。が、高校生と三十歳では、顔立ちも変ることがあるので、多少、似ているのは残すことにした。

残ったのは、五名である。

その中《うち》、一名は、今でもノンプロで投手をしていた。

十津川は、その会社に電話をかけ、本人が現在、そこで仕事をしていることを確認してから、名前を消した。

残りは、四人になった。

十津川は、もう一度、四人の男の生れ育った土地の県警に、協力を頼んだ。家族や知人に会って、四人が、現在、どこで、何をしているか、聞いて貰うためである。

その結果を待つ間、十津川は、国鉄の北野に電話をかけた。

「どこかの車両基地で、何か起きていませんか？」

「いや、どの基地からも、連絡はありませんよ。何も起きていません。列車も、現在のところ、正常に動いています」

「各車両基地に、警戒の指示は出してくれましたか？」

「国鉄総裁名で、出して貰いましたがね。正直にいって、車両基地の方でも当惑しているると思いますよ。警戒しろといわれても、どう警戒していいのかわかりませんからね。その問い合せも、いくつかの基地から来ているんですが、こちらも、具体的なことがわかりませんからね」

「申しわけありません」

「車両の整備、点検を強化しろとでもいうのなら、向うも対応の仕方があるんでしょうが――」

「わかります。あいまいなことで申しわけないのですが、何かがあることだけは間違いないと、思っています」

「もう少し具体的なことは、わかるわけですか？　どの車両基地が危いのか、どんな事件が考えられるのか、それがわかればいいんですが」

「現在、極力、その解明を急いでいるところです。わかり次第、すぐ、お知らせします」

4

各県警から、返事が集って来た。

四人の中の一人は、高校からノンプロに行っていたが、去年、家業を継ぐために熊本に帰っているということだった。これは確認されたということなので、さらに一人を消去できた。

あと、三人である。

その中の一人は、現在、警察に勤めているという。すぐ、亀井が問い合せて、確認した。

残りは、二人になった。

二人とも、ノンプロにいることになっていた。

会社は、有難《ありがた》いことに、どちらも、東京だった。

十津川は、その二つの会社に電話をかけた。もし、現在も、会社で働いていれば、被害者ではないのだ。

だが、二人とも、すでに、その会社を辞《や》めていた。

十津川は、野球部の監督に、至急、こちらへ来て貰い、死体を確認して貰った。

その結果、やっと、被害者の身元が割れた。

柴田《しば》敬《たたかし》。二十九歳。長崎の高校を出たあと、東京のN大学に入ったが、二年で中退、その後、K製菓に入った。高校時代はエースだった。

N大でも野球部にいたが、エースにはなれなかった。中退して、K製菓に入ったのも、そのせいらしい。

「負けん気の強い男でしたよ」

と、死体の確認に来た、K製菓の野球部監督が、溜息《ためいき》まじりにいった。

「それで、肘をこわしたといえるかも知れません。練習でも、何百球と投げていましたからね。高校時代にも、一度、肘をこわしていたことはいたんですが」

「会社を辞めたのは、いつですか？」

「今年の四月です」

「理由は？」

「一身上の都合とだけいっていましたがね。肘の手術が上手《うま》くいかなくて、野球が出来なくなったし、会社では、三十近くなって平社員ですからね。きっと、面白くなかったんだと思いますよ」

「辞めてから、柴田さんが、何をしていたかわかりますか？」

「気になっていたんですが、こちらも忙しさにかまけて、行ってやれませんでした」

「柴田さんの家族は？」

「まだ、結婚していませんでした」

「しかし、二十九歳なら、つき合っていた女性は、いたと思いますが」

「うちの会社の会計の女の子が、時々、応援に来ていましたね。彼が、まだ、投げていた頃ですが」

「その女性の名前は？」

「確か、相川《あいかわ》君じゃなかったかな」

と、監督はいった。

十津川は、亀井と、K製菓本社に相川という女性を訪ねた。

幸い、彼女は、まだ、K製菓に勤めていた。

二十六歳だというが、小柄《こがら》なせいで、可愛らしく見えた。

柴田敬が殺されたと告げると、相川あや子は、突然、泣き出した。

十津川は、彼女が泣き止《や》むのを、じっと待った。

しばらくして、彼女は、伏せていた顔をあげて、

「ごめんなさい」

と、いった。

「いや。あなたが泣いてくれたことを、柴田さんは喜んでいると思いますよ」

「時々、会ったり、電話はしていたんです」

「そう。結婚の約束は、あったみたいだな」

「ええ。ただ、彼が、結婚する自信がついたら、プロポーズしてくれることになっていたんです」

「それは、どういうことですか？」

「会社をやめてすぐ、彼は、退職金を元手に、自分の家の近くで喫茶店を始めたんです。私も休みの時に手伝いにいきました。その店が軌道にのったら、結婚するということだったんですけど、うまくいかなくて、すぐ、潰《つぶ》れてしまって――」

「そのあと、柴田さんは何をしていたんですか？」

「焦《あせ》っていました。私は、いつまでも待つといったんですけど」

「彼が、何か危険なことに、手を染めようとしていたということはありませんでしたか？」

「わかりません。今、いったように、とても焦っていたことは知っているんですが」

喫茶店が潰れたとき、二、三百万の借金も出来たらしいと、いった。

その焦りが、柴田敬を犯罪グループに近づけたのだろうか。

「柴田さんは、酒が好きでしたか？」

と、亀井がきいた。

「ええ。私も。時々、一緒に飲みに行ったことがありますわ」

「彼が、よく行く店がありましたか？」

「ええ。中野駅近くの『泉』という小さなバーです。夜の十二時を過ぎると、スナックになる店なんです」

「彼のマンションも、その近くですか？」

「ええ。そうです」

あや子は、そのマンションへの地図を描いてくれた。

十津川と亀井は、腕時計を見てから、先に柴田敬のマンションへ行ってみることにした。

マンションは、中野駅から歩いて十五、六分のところにあった。

その五階に、２ＤＫの柴田の部屋があった。

カギがかかっていたが、カギをこわして、二人は中に入った。時間との競争だったからである。

「やられましたね」

と、亀井が部屋をひと目見て、叫んだ。

明らかに、部屋中を引っくり返した痕があったからである。

犯人は、柴田を殺したあと、このマンションのキーを奪って中に入り、自分と柴田との関係がわかるようなものは、全て、破棄してしまったのだろう。

それでも、二人は、部屋の中を調べてみた。

やはり、何もなかった。

陽《ひ》が落ちてから、二人は、中野駅近くの「泉」というバーに足を運んだ。

あや子のいったように、小さな店である。

十津川はカウンターに腰を下し、ママに柴田のことを聞いてみた。

「よく、見えてましたよ」

と、よく太ったママは、大きな身体《からだ》をゆするようにして、十津川にいった。

殺されたのは知らなかったといって、驚いている。新聞は見ないのだろうし、見たとしても、気がつかなかったろう。

「飲んで、どんなことを話していたのかな？」

と、十津川はきいた。

「喫茶店をやっていて、それが潰れてしまった時があったんですよ。その時は、飲んでも、荒れてましたわ。ケンカもしたりしてね」

「そのあとは？」

「また、やる気になったっていってましたよ」

「最後に、ここに来たのはいつです？」

「先週の火曜日だったかしら」

「その時、何か、いってなかったかね？」

「旅行するっていってたわ」

「何処《どこ》へ？」

「ええと、何処っていったかしらね。九州だわ。九州へ行くっていってたと思うわ」

「九州ね。いつ行くとはいってなかった？」

「近い中《うち》にということだけだったけど」

「近い中に、九州か」

「どうして、柴田さんが殺されたんですか？　酒癖は、ちょっと悪かったけど、殺されるとは思っていなかったのに――」

「彼は、ここで、誰かと会っていなかったかな？」

「若い女の人と一緒に来たことがありましたよ。小柄な可愛い女の人」

「彼女のことは、わかってる。他の人なんだがね」

「他の人ねえ」

と、ママは考えていたが、

「柴田さんが、荒れていた頃なんですけどね。よく、彼をなぐさめていたお客さんがいましたよ」

「どんな客だった？」

「そうねえ。四十歳くらいかな。恰幅《かっぷく》のいい男の人でしたよ」

「名前は、わからないかな？」

「常連の方じゃありませんからねえ。この頃は、ぜんぜん来ないし……」

「何をしている人かも、わからない？」

「わからないけど、電気のことにはくわしい人ですよ」

「なぜ、わかるのかね？」

「そこに冷蔵庫があるでしょう。それが故障した時、簡単に直してくれたんですよ。その時、テレビも直してあげますよと、笑ってたから、電気のことにくわしい人なんじゃないかしら」

「顔は、覚えていますか？」

「ええ」

「じゃあ、モンタージュを作るから、協力して下さい」

「あのお客さんが、何かしたんですか？」

「いや、ただ、調べているだけです」

と、十津川はいった。

彼は、電話をかけ、モンタージュ係に、すぐ来てくれるように頼んだ。

5

電気にくわしい男が、果して、仲間かどうかわからない。ただ、殺された男、柴田敬が、九州という地名を口にしていたことだけはわかった。

十津川は、さっそく、北野と会った。

「九州ですか」

北野は、ちょっと、意外そうな顔をした。

「九州にも、車両基地はあるでしょう?」

「もちろん、あります。新幹線の博多車両所があって、そこには、四百六十六両が、配置されています」

「他にも、在来線の基地があるわけでしょう?」

「ええ」

北野は、九州の地図の上に、車両基地がマークされたものを見せてくれた。

門司《もじ》、大分、熊本、鹿児島の四つの鉄道管理局があり、それぞれに、いくつかの車両基地が置かれている。

「九州とは、思っていなかったみたいですね」

十津川は、北野を見ていった。

「正直にいって、意外でした。もっと東京に近い車両基地か、大阪周辺の車両基地が狙われると思ったんです。特に、太平洋岸は、線路が、二重、三重に走っていて、その途中にある車両基地が占拠されれば、大きな混乱が起きますからね」

「九州の車両基地では、混乱は起きないというんですか?」

「犯人たちの狙いがわかりませんから、何ともいえないんですが、日本で、一番、鉄道の遅れているのが四国で、その次が九州ではないかと思っています。非電化区間が多く、その上、単線区間も多いんです。その途中や末端に置かれた車両基地が占拠されても、大きな影響はないと思うのです。乗客は飛行機が運んでくれますからね。その分、国鉄の減収にはなりますが」

「そういわれれば、そうですね」

十津川は、考え込んでしまった。

犯人の狙いがわからないから、何ともいえないのだが、影響の少い車両基地を占拠しても仕方がないに違いない。

「九州で、近い中に、何か、記念行事とか、パーティとかが行われる予定はありませんか?」

「国鉄でということですね?」

「そうです」

「ありませんね。ご存知のように、赤字線は廃止の方向へ向っているし、人員減らしなどで、パーティどころじゃないんです」

「近く、運輸大臣か、国鉄総裁が、九州へ行く予定は、ありませんか?」

「ありませんね。外国の賓客《ひんきゃく》が、九州へ行く予定もありません」

「宮崎で、リニアモーター・カーの研究をやっていましたね?」

「やっています」

「あれを、要人が見学に行く予定は？」

「ありませんね」

「何もないですか？」

「だから、意外な気がしたんです。本当に、九州の車両基地で、近い中に、何かあるんですか？」

「あると、信じています」

「いつです？」

「今日は、何日でした？」

「十一月二十六日です。それが、どうかしましたか？」

「いや。ただ、車両基地を何かしようという人間たちの動きが、差し迫っている気がして仕方がないのですよ」

十津川には珍しく、強いいらだちを見せていった。

6

二十六日の午後三時四十分。五人の男と一人の女が、東京駅の新幹線ホームにいた。男たちは、服装もまちまちだし、年齢も五十歳代から二十代までに分れている。女は、二十七、八歳で、脚がやたらに長く、ハーフのような感じだった。

六人は、一六時〇〇分（午後四時）発の博多行の「ひかり１０７号」のグリーン車に乗り込んだ。

一番若い二十五、六の男と女が並んで座り、他の四人は座席を向い合せに直して、腰を下した。

名古屋が近くなった頃、四人の中の一人が、一番年かさの男に向って、「社長」と声をかけた。

「食堂車へ行きませんか」

「時間は？」

「五時四十五分です」

「じゃあ行くか。荷物を盗まれるといけないから、半分ずつ、行くことにしよう」

社長と呼ばれた男がいうと、女と並んで座っていた若い男が、

「そちらの四人で、先に食事をして来て下さい。僕たちはあとでいいです。荷物は、ちゃんと、見ていますよ」

「亜矢《あや》が一緒なら、眠ることもないな」
三十五、六の、ずんぐりした男が笑った。
四人の男は座席から立ち上り、食堂車の方へ歩いて行った。

食堂車はすいていて、四人は奥のテーブルに腰を下すことが出来た。

まず、ビールとチーズを頼み、あとはめいめいで好きなものを注文した。

「今度の計画ですがね、社長」

と、ずんぐりの男が、小声でいった。

「その社長というのはやめてくれないかな。どうも、くすぐったくてしようがない」

「しかし、社長は、今度の計画を立てたし、資金も用意してくれたスポンサーでもあるんだから」

「森《もり》と呼んでくれないかね。その方が、すっきりするよ」

森という男は、穏《おだ》やかな口調でいった。

「じゃあ、森さん」

と、ずんぐりの男がいい直してから、照れたように笑ったのは、そのいい方が慣れていなかったからだろう。

「何だ？　高田《たかだ》君」

森はきき返した。

「警察の動きが心配なんですが、まだ、気付いていないと思いますか？」

「新聞を見る限り、何もわかっていないと思うがね。柴田が、死ぬ前に何を口走ったか、問題だとは思うが」

「青木《あおき》は、何もいわない中にやったから大丈夫だといっていますがね」

「そうだな。柴田が、一一〇番して、何か具体的なことをいっていたら、当然、警察が動き出しているだろうからね。新聞で身元調べをやっている状況なら、大丈夫だろう」

「それにしても、柴田みたいに、いざとなったら、尻込みするような男を仲間に入れたのは、まずかったと思いますよ。もう少し、慎重に人間を選んで貰いたかったな」

高田は、じろりと、背の高い四十歳ぐらいの男を見やった。

その男は、むっとした顔で、

「私が、悪いというのか？」

「仲間を選ぶ時には、もっと、慎重にやって貰いたいといっているだけだよ。下手をすれば全員が捕まるんだからね」

「高田君も、野口《のぐち》君も、やめなさい」

と、リーダー格の森が、二人を叱《しか》った。

「もう、すんだことだ。大事なのは、これからだ。今度の計画で一番大切なのは、われわれが団結して動くことなんだ。もし、仲間割れでも起こしたら、それこそ、失敗は眼に見えているんだよ。もし、協力できないのなら、今からでも降りて貰う」

「わかりました」

と、高田が肯《うなず》き、野口も黙って肯いた。

三人が喋《しゃべ》っている間、黙って食事をしていた小柄な男が、顔をあげて、

「森さん。ちょっと、いっていいですか？」

と、リーダーにきいた。

「いいよ。川村《かわむら》君」

「林《はやし》亜矢のことです」

「うん」

「どうしても、彼女が必要なんですか？」

「それは、どういう意味だね？」

森がきき返した。

「女が入っていることで、われわれグループの団結にひびが入るんじゃないか、それが心配なんですよ。現に青木は、彼女に、でれでれしています。いざという時、心配ですよ」

「男だけでは、どうしても、今度の計画に支障を来たすんだ。それとも、君たちが女装するかね？」

「女装は、勘弁して下さい」

「それなら、彼女は必要だ。それから、青木君のことだがね。確かに、君のいう通り、亜矢に参っている。だが、そのために彼は、グループのために、精を出して働いてくれるということもあるんだ。何といっても、彼が一番若くて、一番、実行力があるからね。とにかく、今度の仕事が終るまで、今のままで行きたいと思っている」

「もう一度、森さんに聞きたいんだが」

と、高田がいった。

「何だね？」

「今度の計画の成功率は、どのくらいなんです？　どのくらいと、森さんは見ているんです？　正直なところを聞きたいんですが」

「全員が協力すれば、百パーセント成功するが、協力しなければ、必ず失敗する。そう思っている」

　森は自信を持っていった。

「もう一つ、警察が、計画に気付かなければということがあるんじゃありませんか？」

　と、野口がいった。

「もちろん、それもあるが」

　と、森はいいかけて、急に口をつぐんでしまったのは、他の乗客が食堂車に入って来たからだった。

「そろそろ、席へ戻ろうか」

　と、森はいった。

　車内アナウンスが、間もなく京都に着くことを知らせていた。

7

十津川は、国鉄本社から戻ると、すぐ、本多一課長に会った。

午後六時を、七分過ぎている。

「何か心配ごとがあるみたいだな」

と、本多が、十津川の顔を見ていった。

「その通りです」

十津川は、今までの経過を、本多に説明した。

「一応、国鉄本社から、九州の車両基地に、注意するように指示して貰ったんですが」

「それで、いいじゃないか。今の段階では、それ以上のことは出来ないだろう？」

「そうなんですが、事態は切迫しているような気がするんです」

「仲間を殺しているからか？」

「そうです」

「しかし、警戒するように頼んだんだろう？」

「そうですが、具体的なことは何一つ、わかっていないんです。犯人は、グループと思いますが、それが、何人なのか、何を計画しているのか、いつ、どこの車両基地を狙うのか、全くわかりません。これでは、警戒のしようがないのではないかと思います」

「しかし、今の段階では、それ以上のことは出来んだろう？」

「一つだけ、あります」

「何だね？」

「マスコミに発表してしまうんです。九州の車両基地を狙っている連中がいるということをです。警察はそれを知って、警戒していると。そうすれば、犯人たちは、われわれがどこまで知っているかわからないので、計画を中止するのではないかと思うんですが」

「その代り、連中は姿を消して、捕えにくくなるね」

「そのマイナス面はありますが、大事件になるのは防ぐことが出来ます」

「大事件になると、思うのかね？」

「そんな予感がするんですよ。小さな事件になるようなことなら、仲間を殺してまで口封じはせんでしょう」

「マスコミに発表すれば、防げると思うのかね？」

「賭けですが、少くとも、彼等を牽制《けんせい》することは出来ると思っているのです」

「発表するのなら、早い方がいいな。テレビは、すぐ取りあげるだろうし、明日の朝刊にも、のせて貰えるだろう」

「部長は、許可してくれますかね？」

十津川がきくと、本多はニヤッとして、

「大丈夫だよ。何か、こちらが動くことだと、部長は慎重だが、事を起こさないようにすることなら、賛成してくれるさ」

と、いった。

本多の言葉は、当っていた。

三上刑事部長の許可は、簡単におりて、すぐ、記者会見を行った。

柴田敬が殺された事件について、一つのグループの存在が明らかになった。

そのグループは、九州の車両基地で、何かを起こそうとしている。警察は万全を期して、彼等を逮捕するつもりである。

そう、十津川は発表した。

もちろん、細かい質問が浴びせられた。

グループの人数は何人なのか？　具体的に彼等は何をしようとしているのか？　そんな質問だった。

「捜査方針上、答えられない」

と、十津川はいった。

それで、押し通した。

夜九時のテレビのニュースが、取りあげてくれた。

新聞社も、明日の朝刊にのせることを約束した。

十津川は、亀井と、捜査本部でテレビのニュースを見た。

十一時にも、テレビはニュースで流してくれた。

「犯人グループは、これを見ましたかね？」

亀井が、十一時のニュースを見ながらきいた。

「私は、見た方に賭けるよ。彼等は、仲間の柴田敬が、一一〇番でどこまで計画のことを喋ったか、それが、心配な筈だからね。新聞やテレビには気を遣《つか》っているに違いないんだ」

「それで、計画の実行は思いとどまるでしょうか？」

「正常な神経の持主なら、中止するだろうね」

と、十津川はいった。

「私も、中止すると思いますよ」

「――」

「もし、間違っていたら、どうなるだろうかと、ふと、考えたんだよ」

「何か心配でも、あるんですか？」

十津川は、難しい顔でいった。

「彼等が、危険を承知で、計画を実行するということですか？」

「それもあるが、われわれの推理が、全く違っていたらと思うことがある」

「どんな風にですか？」

「彼等の狙っているのは、本当に車両基地なのだろうか？　他の基地の意味ではないのか？　九州と考えているが、違う場所ではないのか？　国鉄ではなく、私鉄の車両基地ではないのか？　いろいろと考えてしまうんだ」

「考えたら、際限《きり》がありませんよ。私は、国鉄の、九州の車両基地と思っています」

「ありがとう」

と、十津川はいった。

8

夜が明けた。
彼等は、山の上のホテルで、眼をさました。
リーダーの森は、ベッドからおりると、窓のカーテンを開けて、外に眼をやった。
冬晴れの一日になりそうな、いい天気である。
森は、煙草に火をつけ、じっと、眼下に眼を走らせた。
目標の車両基地が、見える。海が、青く広がっている。
武者振るいと不安とが、彼の胸の中で交錯していた。
(大丈夫だ。上手《うま》くいく)
と、自分にいい聞かせた時、ふいに、ドアが激しくノックされた。
「森さん!」
大声は、高田だった。
森が、舌打ちしながらドアを開けると、高田のずんぐりした身体が飛び込んできた。
「どうしたんだ? 大声を出して」

「朝刊を見ましたか？」

高田は、息をはずませている。

「いや、まだ見ていない。何か出ているのか？」

「大変なことが出ているよ」

高田は、手に持って来た朝刊を、森の前に広げた。

森は、高田が指で叩いている箇所に、眼をやった。


〈九州の国鉄車両基地が、狙われている！〉


その見出しが、森を捕えた。

「ふーむ」

と、森が唸《うな》った。

「警察は何もかも知っているんですよ。柴田の奴が一一〇番した時、全部、喋ったんだと思います。この計画は中止しましょう」

「まあ、あわてなさんな」

森は、落ち着いて、相手をおさえた。

いるんだ」

「しかし、このまま、実行したら、全員、捕まってしまいますよ。相手は待ち構えて
「そうかな」

「そうですよ」

「よく読みたまえ。警察は何もわかっていないんだ。われわれは九州の車両基地をやるんじゃない。まず、そこが間違っている」

「わざと、間違えて発表しているのかも知れませんよ。われわれを安心させ、計画を実行したところを逮捕する気なんだ」

「それは違うね」

「どう違うんですか？」

「もし、警察が、われわれを安心させておいて逮捕する気なら、何も発表しないよ。その方が、効果的だからだ。黙って、待ち受けていて、一網打尽にするだろう。だが、そうしないのは、警察がわれわれのことを、よくわかっていないからだ」

「しかし、車両基地を狙うことは、知っているんですよ」

「それは、柴田が車両基地のことを、一一〇番でいったんだと思うね」

「危険じゃないですか」

「だが、警察は、われわれが何をやろうとしているか、知らないんだ。それに、場所も間違えている」

「なぜ、今、警察は、こんなことをマスコミに発表したんでしょうか？」

「大胆に、推測すれば、こうだ。警察は、われわれが、車両基地で何かやるのは知っている。だが、今もいったように、何をやるのかわからない。それで、どう対応していいか、わからないんだよ。もう一つ、友人に警察関係の人間がいるからわかるんだが、警察というのは、何か事件が起きてからでないと動くことが出来ないんだ。例えば、君が、誰かに殺されそうだから守ってくれといっても、警察は守ってはくれない。もちろん、万博会場が過激派の学生に襲われるという情報が入るとか、政治家にテロの恐れがある時は、警察は、まだ、事件が起きていなくても、動くことが出来る。大義名分があるからさ」

「今度の場合は？」

「車両基地が襲われそうだと警察がいっても、証拠はない。柴田は、もう、死んでしまっているからね。それに、何があるのかもわからない。こういう状況では、警察は動けない筈だよ。だから、われわれを牽制する方法をとったんだと、私は、思うね。こんな風に新聞に出れば、われわれが尻尾《しっぽ》を巻くと思っているんだろう」

森が笑って見せた時、他の仲間も、心配して集って来た。

森は、もう一度、同じ言葉を繰り返した。

「これは、野球でいえば、ピッチャーが牽制球を投げたのと同じだよ。しかも、われわれがすでにサードにいるのに、ファーストに牽制球を投げたんだ。つまり、このピッチャーは、目かくしをして野球をやっているのさ。それでも、牽制球が投げられたので、怖《こわ》がって試合を放棄してしまうか、それとも、相手のミスに乗じて、ホームスチールをしてみるか、どっちを選ぶかということだな」

「なぜ、警察は、九州の車両基地といっているんだろう？」

と、きいたのは、一番若い青木だった。

「柴田の郷里は、確か、九州だったな？」

「そうだ。長崎とかいっていた」

「多分、それでだろう。奴が九州なので、警察は、狙われるのは九州の車両基地と考えたのさ」

森は、決めつける調子でいった。誰が何といおうと、今度の計画は実行するという気持ちだった。

「準備は出来ているんですか？」

高田がきいた。

「出来ている。車両基地が委嘱《いしょく》している民間の清掃会社と、話をつけてあるよ。一日分の二倍の金を払ったから、喜んで、今日一日、働かせてくれる。これが、車両基地で働く時の作業員のユニホームだ」

森は、大きな風呂敷に入ったものをみんなの前に置いた。

中に入っていたのは、地味なネズミ色の作業服と運動靴、それに、帽子だった。

「こんなものを着るの？」

唯一人の女性の林亜矢が、大げさに眉をひそめた。

「清掃係の人間は、中年のおばさん連中が多いんだ。それに合わせて服を作ってあるんだろう。君みたいに、若くて美しい人はいないんだ。いれば、車両基地の職員が喜ぶだろうがね」

「じゃあ、今日は喜ぶわ」

「同時に、怪《あや》しむかも知れない」

「どうしたらいいの？」

「なるたけ目立たないような化粧がいいな。派手な化粧は駄目だ。もし、疑われたら、母が急病になったので、娘の自分が母の仕事をやっているんだといえばいい」

「まさか、今日の清掃作業は、われわれ六人だけじゃないんでしょうね？」

背の高い野口がきいた。

森は、首を振って、

「次々に入ってくる車両の清掃を、六人だけで出来る筈がないじゃないか。正式な清掃作業員もいる。われわれ六人は、新米《しんまい》で、見習いというわけだよ」

「それなら、気が楽でいい」

「車両基地に入ったら、疑われないように、車両の清掃に当ってくれ。そうしながら、銀色の電気機関車を探すんだ」

「銀色？」

「そうだ。本州と九州の間を往復する列車は、いやでも、関門トンネルを通る。トンネルの中は、海水が洩《も》れたりして、普通の機関車では錆《さ》びてしまう。そこで、関門トンネルを抜ける間だけ、特別のステンレス製の電気機関車を使う。それが、銀色の機関車だ。ＥＦ３０形とＥＦ８１形があって、全て、門司車両基地、正確にいえば、門司機関区の所属だ」

「それじゃあ、門司に行かなければいけないんじゃありませんか？」

「いや、この機関車は、上りの列車を牽引《けんいん》して、こちら側に来たとき、下関運転所で、簡単な点検とヘッドマークを前後につけかえる作業を行う。ただし、ＥＦ３０形は下関運転所の幡生《はたぶ》支所に回されるから、ＥＦ８１形の方だけだ。型はわからなくても、銀色のステンレス機関車を見つければいい」

森は、用意して来たステンレス機関車の写真を五人に見せた。

「ステンレス機関車が見つかったら、私と青木が忍び込むんでしたね」

小柄な川村が、確認するようにいった。

「そうだ。機関士と助手は、運転席以外には動かないから、中央の通路にかくれていれば見つからないだろう。それでも、見つかったときは、下関運転所の人間で、発電機か抵抗器の具合がおかしいので、心配で乗って来たとでもいえばいい。ただ、この清掃作業の服ではおかしいから、機関車にもぐり込んだら、正式の係員の服に着がえてくれ。それも用意してある。黄色いヘルメットもだ」

と、森はいった。

森は続けて、

「そのあとの行動は、前に話した通りだ。拳銃とダイナマイトを点検してから、出かける」

と、いった。

今度の計画のために、森が用意した武器は、拳銃二丁、ダイナマイト五本（これは、時限装置つきの爆弾にしてある）だけだった。

拳銃一丁と時限爆弾は、川村と青木が持って、ステンレス機関車に忍び込むことになっていた。

六人は、清掃作業員の服装に着がえ、必要なものを袋に入れて、ホテルを出た。

下関運転所の前で、正規の作業員たちのグループと合流した。

前もって、金を出しているので、スムーズに一緒になり、運転所の構内へ入って行った。

誰も咎《とが》めなかった。清掃作業員の姿は、もう、毎日、見なれた景色になっているのだろう。

広大な敷地内に、機関車や客車が、ずらりと並んでいる。

赤い気動車は、山陰本線を走っている列車のものだろう。

清掃作業員たちは、清掃用の道具や、紙屑《かみくず》などを入れる大きな竹籠《たけかご》を持って、客車の清掃に向った。

森たち六人も、一つのグループを作って、ブルートレインの寝台客車の清掃に取りかかった。

床を掃き、枕カバーやシーツを取りかえる。

森は、時々、窓の外を見ていた。

「銀色の機関車がありますよ」

と、ふいに、高田が甲高《かんだか》い声をあげた。機留線に、ブルートレインを牽引するＥＦ６５形やＥＦ６６形がずらりと並んでいる中に、確かに、ステンレスのＥＦ８１形も、銀色の車体を朝日に光らせていた。

「あれだ」

と、森は肯いた。

川村と青木が、そっと、抜け出して行った。

森は、寝台客車の外へ出ると、通りかかったヘルメット姿の係員に、

「あのステンレス機関車は、どのブルートレインを引っ張るんですか？」

と、きいた。

「９列車だよ」

係員は、ぶっきらぼうに答えた。

「９列車？」

「下りの『あさかぜ１号』だよ」

「ああ、わかりました」

森は、頭の中で、暗記したメモを思い出した。

下りのブルートレインの全ての列車の下関を発着する時刻は、暗記しておいた。

「あさかぜ1号」は、下関に九時四四分に着き、五分停車のあと、九時四九分に発車し、終着の博多へ向う。この五分間に、関門トンネル用のステンレス機関車に交換するのだ。

森は、腕時計を見た。

あと三十一分で、九時四四分になる。

青木と川村は、ＥＦ８１形機関車に近づき、その中に消えた。

「さて、われわれも所長室に行くぞ」

森は、他の三人にいった。

9

十津川に、突然、電話がかかった。

「はるこです」

と、女の声がいった。が、十津川の記憶にない名前だった。

「はるこ？」

「中野の『泉』のはるこです」

といわれて、やっと、思い出した。殺された柴田敬が、よくいっていたバーのママだった。

「この間、聞かれたことですけど、大事なことなんでしょう？」

「もちろん、大事なことです」

「それなら、電話して良かったわ。柴田さんが九州へ行くといったと、警部さんにいったでしょう。あれ、思い違いだったのよ」

「どう思い違いなんですか？」

「思い出したんだけど、彼は九州の方へ行くといったの。まあ、たいして違わないんだけど、正確にお伝えしておこうと思って」

「よく思い出してくれました」

十津川は、礼をいった。

彼は、すぐ、国鉄本社の北野に電話をかけた。

「九州と、九州の方というのでは、似たようなものじゃありませんか？」

北野は、十津川の話を聞いてそういった。

「違うんです。柴田は九州の生れです。もし、九州へ行くんだったら、九州の方などといわずに、ずばりと九州といった筈です」

「すると、狙われるのは、九州の車両基地ではないということですか？」

「そうです。九州に近い車両基地です。九州に近くて、大事な車両基地というのが、見当がつきますか？」

「第一に考えられるのは、下関ですね。何といっても、関門トンネルの入口だし、山陽本線と山陰本線の合流点です」

「では、そこの責任者に電話して、警戒するようにいって下さい」

「すぐ、連絡しますよ。その結果は、十津川さんに知らせればいいですか？」

「いや、私も、そちらへ行きます」

十津川は、電話を切ると、亀井とパトカーで国鉄本社へ向った。

不安が、十津川を焦燥にかり立てていた。

10

森たちは、ばらばらに分れて、運転所本館の中へ入って行った。

階段をあがって行く。

誰も、咎める者はなかった。というより、車両基地は二十四時間態勢で、職員はほとんど全員、敷地内のどこかで働いているのである。

もちろん、本館内で事務をとっている職員もいるが、廊下や階段には出て来なかった。

四人は、所長室の前で一緒になった。

森は、呼吸を整えてから、所長室のドアを開け、他の三人と一緒に中に入った。

所長は、ひとりで、窓の外を眺めていたが、振り向いて、微笑した。

「清掃作業の人だね。何か用かな?」

「お願いがあって、お邪魔したのです」

森は、にこにこしながら近づくと、いきなり、ポケットから取り出した拳銃を突きつけた。

「静かにして下さい」

「何の真似だ！」

所長は、叫ぶようにいって、机の上の電話に手を伸ばした。

森は、拳銃の台尻で、殴りつけた。

小柄な所長の身体が、呻《うめ》き声をあげて、床にくずおれた。

「縛《しば》っておけ」

と、森はいった。

その時、突然、電話が鳴った。四人が、ぎょっとして、顔を見合せた。

電話は鳴り続けている。森が、手を伸ばして、受話器を取った。

「こちらは、国鉄本社の北野といいます。所長さんですか？」

と、若い声がきいた。

「そうです。所長です」

「実は、そちらの車両基地を、あるグループが襲うらしいという情報が入っているんです。本当と思って、警戒を厳重にして下さい」

「わかりました。警戒しましょう」

森は、受話器を置くと、思わず、大きく、息を吐いた。

森は、部屋の大きな時計を見た。

今、九時四四分になった。ブルートレインの「あさかぜ1号」が、下関駅に着いたところである。

牽引する電気機関車の交換が始まっているだろう。

五分たった。ＥＦ８１形に牽引された「あさかぜ1号」は、今、ホームを離れた。

あっという間に、関門トンネルに入る。

11

ＥＦ８１形機関車の中にかくれていた川村と青木は、運転席に飛び込んだ。

青木が、機関士と助手に、拳銃を向けた。

轟音《ごうおん》を立てて、列車は関門トンネルに入った。

「すぐ止《と》めろ！」

青木が、怒鳴った。

機関士が、睨《にら》み返した時、青木は、いきなり、射《う》った。トンネルの中でも、強烈な発射音は耳をつんざき、弾丸はサイドの窓ガラスを粉砕した。

森が青木を買ったのは、この無鉄砲な実行力である。こういう犯行の時、失敗の原因はためらいなのだ。

列車に、急ブレーキがかかった。

十三両編成の「あさかぜ1号」は、関門トンネルのほぼ中央で、停止した。

機関士と助手は、もう必要ない。青木と川村は、用意して来たロープで二人を縛りあげ、運転席の床に転がした。

青木を運転席に残して、川村は、機関車から線路上に飛び降りた。短かい時間の内に、しなければならないことが二つあった。

関門鉄道トンネルは複線だが、上り下りが別々に作られている。門司側では一緒になるが、下関側入口から門司近くまでは、上りと下りのトンネルの間には二十メートルの距離がある。

中央部のこの辺りも、上りのトンネルとの間は二十メートルである。単線のトンネルと同じだった。

川村は、用意して来たダイナマイトを客車の下に仕掛けてから、トンネル内にある非常用電話を取った。

「下関運転所の所長室に至急、つないでくれ」

と、いった。

電話がつながった。川村は、小さく息をついた。所長室が占拠できていなければ、電話口に出るのは、本物の所長なのだ。

「所長室です」

と、森の声がいった。川村は、ほっとして、

「川村です。作業は終りました。タイマーは正午にセットしました」

と、いった。が、突然、拳銃の鋭い射撃音がして、トンネル内に反響した。

「どうしたんだ？」

森が、驚いてきいた。

「車掌が列車からおりて来ようとしたので、青木が威嚇《いかく》射撃したんです」

「わかった。気をつけてくれよ」

と、森がいった。

12

十津川と亀井は、国鉄本社に着いていた。すぐ、北野と、東京駅の端にある東京総

合指令室に足を運んだ。そこの方が、情報が入り易《やす》いと思ったからである。

「下関基地の所長は、何も起きてないと、いっていますがね」

北野が疑わしげに、十津川にいった。

「下関駅と門司は、何もありませんか？」

と、十津川がきいた。

「今のところ、平穏ですね」

「ちょっと待って下さい」

電話連絡をとっていた職員が、手をあげた。

「下りの関門トンネル内で、『あさかぜ1号』が立ち往生した模様です。信号が赤になったままで、門司に到着していません」

「故障かな」

「向うでは、下関運転所の所長に牽引する機関車を出すように依頼して、所長は承知したということです」

「それなら、大丈夫ですよ」

北野が、楽観的ないい方をした時、その北野に電話がかかった。

現在、新しい総裁は国会に行っていて、電話は副総裁の小野田《おのだ》からだった。

「すぐ、戻って来てくれ。出来れば、警察の人も一緒にだ。下りの『あさかぜ1号』が、関門トンネルの中でハイジャックされた」

小野田の言葉に、北野の顔色が変った。

十津川も、亀井も、北野と一緒に、すぐ国鉄本社に引き返した。

小野田は、蒼《あお》ざめた顔で十津川たちを迎えた。

「今、電話があった。『あさかぜ1号』は、関門トンネルの中でハイジャックした。十一時までに、六億円を、M銀行の下関支店の太田良子《おおたりょうこ》名義の口座に振り込め。さもないとトンネル内で列車を爆破するというのだ」

「それなら、六億円を振り込んでおいて、下関支店で逮捕すればいいんじゃありませんか？」

亀井が簡単にいうと、小野田は手を振って、

「それが、駄目なんだよ。下関で太田良子が六億円を引き出すまで、何もするなというんだ。もし、六億円が引き出せなかったり、彼女が逮捕されたりした場合は、容赦《ようしゃ》なく、爆破するともいっているんだよ」

「十一時というと、あと一時間しかありませんが、六億円は用意できますか？」

十津川がきいた。

「問題は、寝台特急『あさかぜ1号』に乗っている乗客ですが、何人くらいの乗客がいるんですか？」

十津川がきくと、この質問には、北野が、

「この列車は十三両編成で、一両が食堂車です。寝台客車に十人しか乗っていなくても、最低百二十人の乗客が乗っているわけです。それに、乗務員もいます」

「もし、列車が爆破されると、関門トンネルはどうなりますか？」

「爆破の大きさにもよりますが、下りのトンネルは使用不能になりますね。もし、海水が入って来たら、復旧は不可能になるかも知れません」

「下関車両基地からは、何の連絡もありませんか？」

「ありません。所長は、すぐ、警戒態勢をとると、いったんですがね。それに、下りの『あさかぜ1号』が門司側に着かないとわかった時も、下関駅と基地の両方に、すぐ、調査するようにいってあったんですが」

北野は、ぶぜんとした顔でいった。

「所長に連絡したんですね？」

と、十津川がきく。

「用意は出来るよ」

「そうです」

「ひょっとすると、所長室が占拠されているのかも知れませんね」

「しかし、そんなことが――」

「不可能じゃないでしょう？　相手はブルートレインを占拠したんです。車両基地の所長室を占拠するぐらいのことは、可能の筈ですよ」

「どうします？」

「彼等の要求に応える一方で、車両基地がどうなっているか調べましょう。私が、山口県警に連絡をとって、下関署から車両基地へ行って貰います」

「相手を刺戟《しげき》しないで下さい。トンネル内で爆破されたら、終りですから」

「わかっています」

と、十津川はいった。

十津川は、すぐ、山口県警に電話を入れた。事情を説明し、下関車両基地を、秘《ひそ》かに調べて貰うことにした。

そのあと、念のために、北野が、もう一度、下関車両基地の所長室に、電話を入れてみた。

「かかりませんね」

と、北野がいった。

「所長室の電話線が切られているのかも知れませんよ」

十津川がいった。

一方、犯人側の要求して来た六億円が用意された。

十時二十分。

犯人の指定した十一時までに、あと四十分である。

十時三十六分に、電話が入った。

十津川あてだった。

「下関署の白石《しらいし》警部です」

と、相手は、緊張した声でいってから、

「下関車両基地にいます。所長室に入り、監禁されていた所長を解放しました」

「犯人は、いたんですか？」

「いや。すでに逃亡していました。犯人は女性を含めた四人ですが、リーダーらしい男に、外から連絡が入ったといいますから、他にも何人かいるようです。われわれが来ることを予期していたとみえて、所長室の壁に、『警察が動けば、すぐ、トンネル内で、列車を爆破する』と、殴り書きがしてあります」

「車両基地全体の様子は、どうですか？」

「それが、ひどく平穏で、基地内で働いている人間は所長室が占拠されたことも知らなかったようです。彼等は、民間委託の清掃作業員になりすまして、車両基地に侵入したようです。現在、どこにいるか、不明です」

13

犯人から、小野田副総裁に二回目の電話が入った。

男の声だった。

「まだ、六億円が振り込まれていないぞ。あと八分だ。八分たったら、予定どおり、トンネル内で爆破する。わかったな！」

それだけいうと、相手は電話を切ってしまった。

「どうしますか？」

と、十津川は、小野田副総裁にきいた。

「君は、どうしたらいいと思うかね？」

小野田は、蒼ざめた顔で、きき返した。

「それは、そちらの決断いかんです。山口県警と福岡県警を、下関側と門司側の両方から、関門トンネルに突入させることも出来ます。両県警に委《まか》せますか？」

「しかし、犯人はトンネル内で列車を爆破するといっているんです。もし、爆破したら、百人を越える人間が死に、トンネルが破壊されます。そうなると、トンネルの破壊だけでも、とうてい、六億円ではすまなくなります」

北野がいった。

小野田は、沈痛な表情で、

「トンネル内の様子がわからないのが、苦しいね。犯人も一緒にいるなら、爆破は脅《おど》しじゃないかね？」

「そう決めて、強行することも考えられますが、その場合は、山口県警と福岡県警に委せたらいいと思います。すでに、山口県警はトンネルの入口をかためている筈ですし、福岡県警にも連絡がいっています」

「人命がかかっているから、賭けは出来ないよ」

と、小野田はいった。

また、電話が鳴った。

「あと五分だぞ」

犯人の声がいった。

「私は、犯人の指示どおり、六億円を振り込むことにする。百人の乗客の安全と、トンネルの安全が確認されたら、あとは警察に委せるよ」

と、小野田がいった。

十津川は、改めて、山口県警と福岡県警に、連絡を取った。

M銀行下関支店に、太田良子という女が、六億円をおろしに来るだろう。その女をマークして、犯人たちを逮捕する方法をとることになるだろう。

14

森は、林亜矢と二人、前もって借りておいたレンタカーで、M銀行下関支店に向った。

「銀行の中は、きっと、警官だらけよ」

と、亜矢がいった。

「わかってる。だが、私たちに手は出せないよ。何しろ、百人を越す人質の命がかかっているからね」

森は、落ち着いた声でいった。

「警察に、くわしいの？」

元、モデルの亜矢がきいた。

「昔、私は、警察廻りの記者をやっていてね」

「知らなかったわ」

「着いたぞ」

車は、止まり、二人は、銀行の中に入って行った。

亜矢が、通帳を見せた。

「六億円のお金が、私の口座に振り込まれている筈なの。すぐ現金にして欲しいわ」

「東京で振り込まれていますが、すぐ、現金化するというのは——」

「君は、百人の人間の命が犠牲になってもいいのか？　東京に連絡してみろ！」

横から、森が怒鳴った。

支店長が、あわてて飛んで来た。蒼い顔で、森に向って、

「全て聞いています。現金も用意できています」

六つのジュラルミンケースが運ばれてきた。それを、行員も手伝って、止めてある車にのせた。

森が運転して、六億円をのせた車が走り出した。

覆面パトカーが、すぐ、そのあとに続いた。

「車が一台、ついてくるわ」

亜矢が、うしろを振り返って、森にいった。

「一台じゃない。何台もついて来てるよ。無線で連絡しているだろうから、どこにも、警察の車がいると思わなきゃ、駄目だ」

「逃げ切れるの？」

「その積りだよ。君だって、その金は使いたいだろう」

森は、ニヤッと笑った。

二人の乗った車は、猛スピードで陸の関門トンネルに向った。関門国道トンネルである。全長三四六一メートルで、車道の下に人の通る道路もある。

森は、トンネルに入るとスピードをゆるめた。尾行する覆面パトカーも、スピードをゆるめる。

「発煙筒を投げろ」

と、森がいった。

亜矢は、車の中に用意しておいた十本の発煙筒を、次々に投げていった。

たちまち、後方で猛然と煙が吹きあがった。急ブレーキの悲鳴と、衝突する音がトンネル内に、こだました。

森は、スピードをあげた。

後方は煙で何も見えなくなっている。トンネルの中の警報機が、煙を感知して鳴っている。

森の車は、煙に追われるように、門司側の出口から外へ飛び出した。

こちら側にもパトカーがいるだろう。

前方に、故障して、とまっている大型トラックが見えた。

高田と野口が、前もって用意しておいた車に違いない。荷台の後部に、白いチョークで三角マークが書いてあった。

森は、そのトラックの前に廻り込んで、急ブレーキをかけた。高田と野口が飛んで来て、六億円のケースを、素早く、トラックの方に運び込む。

その間に、亜矢が乗ってきた車に火をつけた。

大型トラックが轟音を立てて走り出した。

逃げ切れるのは五分五分の確率と、森は思っていた。

15

関門鉄道トンネルの門司側の出口をかためていた門司署の警官たちは、突然、トンネルの中から、大勢の叫び声と足音を聞いた。

「あさかぜ1号」の乗客たちが、一斉に逃げて来たのだ。

二十人、三十人、四十人と、増《ふ》えていく。

「どうしたんだ！」

と、指揮に当っていた署長の秋山《あきやま》が、乗客の一人を捕えてきいた。

「奴等が、奥でトンネルを爆破させるといってる！　十二時に爆破するんだ！」

「十二時？」

秋山は、自分の腕時計に眼をやった。あと、十九分で十二時になる。

「機関士や、車掌は？」

「列車と一緒に人質になってる。すぐ、奴等が列車を動かして、こっちへ出て来るぞ！」

「こっちへ出て来るんだな？」

「そうだ。機関士なんかを人質にして、列車ごと逃げる気なんだ！」

その言葉を裏書きするように、トンネルの奥で、電気機関車のモーターが動き出した音が、かすかに聞こえて来た。

「門司運転所に引き入れて下さい！」

秋山は、近くにいた運転所の所長に怒鳴るようにいった。

轟音と共に、銀色の電気機関車に引っ張られた、「あさかぜ1号」が姿を現わした。

ポイントが切りかえられているので、列車は本線から離れて、門司運転所の方へ入って行く。

秋山署長は、何人かの刑事に、運転所へ入った列車を追わせておいて、自分は関門トンネルの出入口を、じっと、睨んだ。

あと七分で、十二時である。

今からトンネルに飛び込んで行っても、間に合わない。

秋山は、トンネル出入口の周辺から、人々を後退させた。

突然、トンネルの奥で、閃光《せんこう》が走った。続いて、猛烈な爆風が吹きあげて来た。

空気が、びりびりと鳴り、線路に敷いてある小石が飛んだ。

身体を伏せて、眼を閉じていた秋山は、爆風の止《や》むのを待って、顔を上げた。

トンネルはこわれていないように見えた。ただ、出入口は、煙でおおわれてしまっている。

煙が消えるのを待って、車両基地の係員が、修理のために入って行くだろう。

秋山は、犯人の方が気になって、運転所の方へ、歩いて行った。

刑事課長が、こちらに走って来た。

「やられました！」

と、課長が叫ぶ。

「どうしたんだ？」

「犯人は、乗っていません。機関士は、犯人が十二時に爆発すると脅したので、夢中で列車を動かして、トンネルから出たそうです」

「それで犯人は？」

「二人いたそうですが、わかりません。恐らく、さっき、逃げ出して来た乗客の中に、まぎれ込んでいたんだと思います」

「くそ！」

と、秋山署長は怒鳴った。

16

森たち四人の乗った大型トラックは、小倉港に入って行った。

小倉港から、三つの航路で、大型カー・フェリーが出ている。

泉大津行の阪九フェリー、東神戸港へ行く同じ阪九フェリー、そして、徳島を通過して東京フェリーターミナル行のオーシャン東九フェリーの三つである。

森たちの大型トラックは、徳島経由東京行のフェリーに乗った。

このフェリーは、翌日、徳島に着き、三日目の朝、東京に着く。

一七時五〇分に、森たちを乗せた大型フェリーは小倉港を離れた。

森は、ラジオをかけてみた。

ニュースが、事件のことを延々と伝えている。

〈犯人グループは、少くとも、六人以上と思われますが、六億円を手に入れて、姿を消してしまい、当局の必死の捜査にも拘《かかわ》らず、その行方をつかむことが出来ません〉

と、アナウンサーがいっている。

「上手《うま》くいったみたい」

と、亜矢が嬉《うれ》しそうにいった。

「青木君と、川村君も、うまく逃げたようだ」

森は、満足げにいった。

二人とは、東京で、落ち合うことになっていた。

森は、満足していた。仲間の柴田敬は、止むなく殺してしまったが、計画の実行段階では、一人も殺さなかった。それが、自慢だった。

翌日の昼少し前に、フェリーは徳島港に着いた。

が、森たちは降りなかった。

〈いぜんとして、犯人たちの行方は全くわからず、捜査当局は焦りを見せています。もし、このまま、犯人グループが見つからないと、六億円は、まんまと強奪されてしまったことになり、犯人の脅迫に屈した国鉄当局、並びに、警察当局に対して、批判が集中するものと思われます〉

ニュースは、だいたい、この調子だった。

犯人は、すでに、海外へ逃亡したのではないかというニュースも流れた。

「いい傾向だよ」

と、森は、他の三人にいった。

三日目の早朝、まだ暗い中に東京湾に入った。

四人とも甲板に出て、少しずつ、明けてくる京浜工業地帯を眺めていた。

森は、一億円を持って、どこか、静かな田舎《いなか》で暮したいと思っている。

亜矢は、多分、外国へ行くだろう。

脱サラで失敗した野口は、一億円で、また、何かの店をやる気らしい。

高田は何をするのだろう？　とにかく、六億円を手に入れてから考えるといっていた。

若い青木は、まず、ポルシェを買いたいといっていた。

小柄な川村は、マンションを買うと、森にいった。一億円あれば、広いマンションが買えるだろう。

夜が明けて、船は東京フェリーターミナルに着いた。

野口が運転して、四人と六億円をのせた大型トラックが、上陸した。

とたんに、覆面パトカー三台に囲まれてしまった。

安心していただけに、森も呆然《ぼうぜん》としている。

四人は、のろのろとトラックから降りた。

「荷台に、六億円のケースがのっています」

と、亀井が十津川に、大声でいった。

「君たちを、逮捕する」

十津川が、森たちにいった。

森は、自分の手に手錠がかけられるのを見ながら、

「ここに来ると、わかっていたのか？」

と、十津川にきいた。

「いや。わかってはいなかった。だが、六億円の金といえば、大荷物だ。運ぶ方法として、飛行機、車、列車、そして、船を考えたよ。そして、道路には非常線を張り、空港と、ここのような港にも、警官を配置したんだよ。たまたま、その一つに、君たちが引っかかったというわけだよ」

「しかし、ラジオのニュースは――」

と、いってから、はっとして、

「わざと、あんなニュースを流していたのか？」

「まあね。どこにいても、君たちは、気になってニュースを聞くと思ってね」

と、十津川は微笑してから、

「あとの仲間は、どこにいるのかね？」

禁じられた「北斗星《ほくとせい》5号」

1

「明日、旅行に行きたいの。構わないかしら?」

と、妻の直子《なおこ》が十津川《とつがわ》にいった。

「構わないが、どこへ行くの?」

「行き先は、わからないのよ。いえ、わかっているのかな?」

「何だい? そりゃあ」

十津川が笑うと、直子も、釣られたようにニッとした。が、すぐ真顔《まがお》になって、

「明日の寝台特急『北斗星《ほくとせい》5号』に乗ることは、決まっているの」

「それなら、北海道へ行くんじゃないの?」

「それが、ちょっと違うのよ」

「よくわからないね」

「初めから、説明するわ」

「そうしてもらいたいね」

「私の友人に、小田敬子《おだけいこ》さんといって、女性で、大きな会社の社長をしている人がいるの」

「小田敬子――？　前に、一度、会ってるんじゃないかな。君に紹介されて」

「そうだった？」

「ああ、たしか三年前に、ご主人が交通事故で亡《な》くなって、そのあと社長になったんだろう？　大柄で、自分でベンツを運転していた」

と、十津川がいうと、直子はうなずいて、

「そう。その人」

と、いってから、

「彼女に娘さんが一人いるのよ。ひろ子さんといって、お母さんに似て長身で、なかなか美人なの」

「それで？」

「彼女、二十二歳で、S大の四年なんだけど、二十二歳の十月十日の夜明けに死ぬと、かたく信じているの」

「十月十日というと、明後日じゃないか」

「そうなのよ。みんなが、そんなことはないといってるんだけど、彼女は、かたくなに信じているの。理由は、よくわからないんだけど」

「それと、君が、明日、『北斗星5号』に乗ることと、どんな関係があるのかな？」

「まわりが何といっても、彼女は、どんどん落ち込んでいって、十月十日の夜明けになったら、ノイローゼから自殺してしまうんじゃないかと、敬子も、思うようになったのよ」

「それで、『北斗星』に乗せることにしたのかね？」

「家にじっとしているのは、自殺させるようなものだし、警察に頼んでも、こんな話、信じてもらえないと思って、彼女、旅行が好きだから、『北斗星』の個室に乗せることにしたのよ」

「少しずつわかってきたよ。たしか、『北斗星5号』は、夜、上野《うえの》を出て、翌朝、北海道に着くんだったね。夜明けは、列車の中というわけだ」

「そうなの。明日、十月九日の一九時〇三分に上野を出て、函館《はこだて》に十月十日の午前六時三八分に着くわ。九日の二三時三四分に仙台《せんだい》を出ると、函館までどこにも停車しないの。夜明けというのが、何時頃かわからないけど、六時三八分になれば、もう完全に明けきっていると思うの。万一、まだ暗くても、次の長万部《おしゃまんべ》着は八時一五分だから、大丈夫だわ」

「つまり、魔の時刻は、走る列車の中で、通過させてしまおうというわけだね」

「ええ。死ぬというのが、ひょっとして、外部の力だった場合、『北斗星』の個室に入っていれば、安全だと思っているのよ」

「外部の力って？」

「ひょっとすると、彼女は、誰かに脅《おど》されていて、その強迫感から、自分は十月十日に死ぬんじゃないかと思っているのかもしれないわ」

「君は、彼女にきいてみたの？」

「ええ。でも、何もいわないのよ。世の中には、人を脅かして喜んでいる人間もいるから、何かのことで彼女を恨《うら》んでいて、二十二歳の十月十日に、お前を殺してやると、繰り返し電話をしていることだって、あり得ると思っているのよ」

「それを防ぐためにも、彼女を『北斗星』の個室に乗せてしまおうというわけだね？」

「ええ。中から鍵《かぎ》をかけてしまえば、安全だわ」

「二十二歳の十月十日というのは、何か意味があるのかね？」

と、十津川はきいた。

直子は、うなずいて、

「それなんだけど、何かあるはずなの」

「母親の敬子さんは、当然、知っているんだろう？」

「と、思うわ」

「それでも、君には、教えてくれないのかね？」

「ええ」

「だが、どうしたらいいか、君に相談したんだろう？」

「そうなの。虫のいいのは承知だといわれると、断わりきれなかったわ」

と、直子はいう。

「母親の敬子さんも、当然、明日の『北斗星』に乗るんだろうね？」

「ええ、私と一緒にね。あの列車には、個室ロイヤルが四つあるんだけど、一つしか取れなかったの。それで、私と敬子は、ソロという一人用の小さな個室に乗って行くことになっているわ。二人用の個室にしたかったんだけど、こちらは2号車で、ひろ子さんのロイヤルのある3号車とは、別の車両になってしまうからって、敬子が反対したのよ。いざというとき、同じ3号車にいたほうが、すぐ駆けつけられるからって」

と、直子はいった。

「大丈夫かね？」

十津川は、何となく心配になってきいたが、直子は笑って、

「たとえ、脅迫されているとしても、脅迫されているのは彼女であって、私じゃないんだから、私に危険はないわ」

「しかし、君は、ネコがひかれそうだといって、車道に飛び出していく人だからね。それが、心配なんだよ」

「でも、あのときは、ちゃんとネコを助けたわよ」

「そりゃあ、そうだが、いつもうまくいくとは、限らないよ」

「大丈夫。うまくやるつもりだし、それに、一緒に旅行すれば、なぜ二十二歳の十月十日に死ぬと思い込んでいるのか、その理由を話してもらえるんじゃないかと、期待しているのよ」

と、直子はいった。

「私が、時間があったら、調べてあげようか？」

「調べるって？」

「小田敬子とひろ子という母娘《おやこ》のことをだよ。この家族に、何かあるのかもしれない

じゃないか」

「でも、別に、変なところはない気がするのよ」

「しかし、君は、小田母娘と知り合って、そう長くはないんだろう?」

「ええ。まだ、六カ月くらいかしら」

「それなら、君の知らない秘密がいろいろとあっても、おかしくはないよ。子供は、そのひろ子さんだけなのかね?」

「ええ。他には、いないわ」

「母親とその娘さんの間は、どうなの?」

「うまくいってるわ、何といっても、一人娘ですもの。だから、心配して、一緒の列車に乗っていくのよ」

直子は、怒ったような声でいった。それだけ、小田母娘に好意を持っているのだろう。

「とにかく、気をつけてね」

と、十津川は、直子にいった。止めても、行くに違いなかったからである。

翌日、十津川は、警視庁に出ると、時間があるのを幸い、小田敬子と娘のひろ子について、情報を集めてみた。

直子がいったように、父親の小田誠一郎《せいいちろう》は、三年前、交通事故で亡くなっていた。

当時、小田は、五十二歳。小田興業の社長で、自らジャガーを運転していたが、スピードを出し過ぎて、コンクリートの電柱に激突し、死亡したのである。

小田は、頭の切れる男で、美男子でもあり、女性関係が派手だったといわれる。そのことで、妻の敬子は、苦労したのではないか。

小田が亡くなったあと、敬子は、小田興業の社長となり、事業を広げている。

日本の女社長百人という週刊誌の特集でも選ばれて、グラビアに載《の》っている。写真で見ると、女性としては大柄で、理知的な美人である。

そのグラビアページには、娘のひろ子の母親についての話というのが出ていた。

〈母は、よく男まさりといわれますが、それは、女手一つで会社を経営して来たからで、実際は、ちょっとしたことにもおろおろする、涙もろい弱い女性です。そんな母を、私のほうが守ってあげたいと思っています〉

十津川は、この言葉に、まず興味を感じた。男まさりだが、本当は優しく、可愛《かわい》らしい女だといいたいのだろうが、それにしては、少しばかり、書き方がおかしい気がしたからである。

「ちょっとしたことにも、おろおろする——」というのは、わかるとしても、「日本の女社長シリーズ」へのコメントとしては、不似合いではあるまいか。下手《へた》をすると、社長として、不適格と受け取られかねない。

十津川は、父親の死亡日に注目した。それが、何らかの意味で、娘のひろ子の心に影響して、「二十二歳の十月十日に死ぬ」という妄想を抱かせたのではないかと、考えたからである。

もし、父親の事故死が、十月十日の夜明けに起きていて、ひろ子が、その責任が自分にあると思い込んでいたらと、考えたのである。

しかし、父親が亡くなったのは、三年前の一月十九日の夜とわかった。このとき小田は、酔っていたうえ、道路がアイス・バーンになっていたための事故というものだった。

即死である。

それでも、十津川たちは、この事故死の件をくわしく調べてみた。

場所は、埼玉県の浦和《うらわ》市内である。この事故を扱った県警の交通係の三浦《みうら》という警官にも会って、話を聞いた。

三浦は、そのときに作成した調書を見ながら、話してくれた。

「酔っ払い運転と、すぐわかりました。即死でしたが、アルコールの匂いがしましたからね。朝になって、奥さんと娘さんが、飛んできました」

「小田さんは、なぜ、夜中に、こんな場所を走っていたのかね？」

と、十津川はきいた。

「奥さんの話では、小田興業というのは、スーパーも何店か持っていて、新しい店を埼玉に開きたくて、夜だったが、土地を見に行く途中だったみたいです」

「酔っていたというと、どこで飲んだのかわかったのかね？」

「午後十一時頃まで、銀座《ぎんざ》で、得意先の人間と飲んでいたことがわかりました。そのあと、車を運転して、現場まで来て、事故を起こしたということになります。この日は、ひどく寒かったので、早く酔いがさめると、甘く考えていたんじゃありませんか」

と、三浦はいった。

「事故死以外の疑いはなかったのかね？」

亀井《かめい》がきいた。

三浦は、また調書に眼をやってから、

「ここには、書いてありませんが、殺人の疑いが、少しはあったんです」

「それは、なぜ？」

「亡くなった小田という人が、プレイボーイでしてね。金があって、ハンサムだから、やたらに女にもてたらしいんです。浮気が原因で、奥さんと、ときどきもめていたとわかりました」

「つまり、奥さんがそれを恨んで、殺したという疑いかね？」

「そうです。しかし、アリバイが簡単に成立して、この疑いは、すぐ消えました」

と、三浦はいった。

「メカニックの面での疑いはどうだったの？　ブレーキに細工してあったとかいうことは」

「それも調べましたが、見つかりませんでした」

「死体の状態は、どうだったのかね？」

「ひどいものでした。ブレーキを踏んだ気配がないので、猛スピードでコンクリートの電柱に激突したと思われます。車の前部はこわれ、運転席は血の海でした。小田の頭部は、めちゃめちゃでしたね」

と、三浦は眉《まゆ》をひそめていった。

2

その日の午後六時、十津川直子は、小田母娘と一緒に上野駅に着いた。

札幌《さっぽろ》行きの「北斗星５号」に乗るために、13番線ホームに入る。

本来なら、楽しい旅行への出発なのだが、小田敬子も娘のひろ子も緊張し、青ざめた顔になっていた。

直子は、二人の緊張を、何とかして、解こうと思った。

「ひろ子さんは、まだ、青函《せいかん》トンネルを見ていないんでしょう？」

と、ホームに立って、彼女に話しかけた。

「ええ」

「私ね、調べてみたんだけど、『北斗星５号』が青函トンネルを通過するのは、明日の午前五時頃なの。そのときは、三人で起きていて、一緒に、青函トンネルの通過を楽しみましょうよ」

「それがいいわ。私も初めてだしね」

と、敬子もすぐ賛成した。

が、ひろ子は、すぐには応じてこなくて、

「私のことが心配で、夜明けには、ずっと一緒にいるということなんでしょう？」

と、かたい表情で直子と母親を見た。

「あなたのあんな妄想は、まったくの気のせいだと思っているわ」

と、直子はいった。

「いいえ。私は、必ず死ぬんです。それは、誰にも防げないんです」

「なぜ？　なぜなの？」

「それは、私の運命ですもの」

と、ひろ子は呟《つぶや》いた。

「いいえ。私がついてるじゃありませんか。ママが、絶対に、あなたを死なせやしません」

敬子が大きな声でいったとき、「北斗星5号」が、ゆっくりと13番線ホームに入ってきた。

ブルーの車体が、旅への夢を誘う。だが、ひろ子の眼は宙をさまよっているように見えた。それを心配そうに見守っている母親の敬子。

（何とか、楽しい旅行にしないと）

と、直子はあせった。

「とにかく乗りましょうよ。乗って、個室のロイヤル・ルームを見てみましょう。私も、早く見たいの」

と、直子は二人をせき立てた。

三人は、ロイヤル・ルームのある３号車に乗り込んだ。

通路に面して、二つのロイヤル・ルームと、十二のソロと呼ばれる一人用個室が並んでいる。

ソロのほうに、直子と敬子が入ることになっていた。上、下の二つに分かれて、積木細工のように並ぶソロは、天井も低いし、狭い。その代わり、ロイヤル・ルームに比べて、寝台料金は三分の一である。

二つ並んだロイヤル・ルームのうち、ひろ子の入るのは、デッキに近いほうだった。

三人で、部屋をのぞいた。

ＪＲがスイート・ルームと自称するだけあって、今までの個室に比べると、はるかに広く、贅沢《ぜいたく》に出来ている。

何よりもいいのは、室内が二つに分かれていて、ベッドと回転椅子《いす》の置かれた部屋と、シャワー・ルームが別になっていることだ。ベッドも、今までの列車のベッドより大きい感じである。

回転椅子に腰を下ろすと、眼の前に小さなテーブルがあり、洒落《しゃれ》た電気スタンドもあり、手紙ぐらいは書けそうである。

窓も広く大きく、ひとりで景色を楽しめそうだ。

「シャワー・ルームには、三面鏡もついてるわ」

と、直子はわざとはしゃいだ声でいった。

だが、ひろ子は、ベッドに腰を下ろして、ぼんやりと窓に眼をやり、直子の言葉など聞いていないようだった。

車掌が来て、部屋のカード・キーをくれる。直子は、三人分の夕食の時間を予約しておいた。

「私が、しばらく一緒にいますから」

と、敬子がいうので、直子は、ロイヤル・ルームを出て、自分のソロの個室に戻った。

時刻が来て、「北斗星5号」は、がくんとひと揺れしてから、上野駅を滑り出した。

直子の部屋は、上段にある。

急な階段をあがって、自分の部屋に入ってみた。

ロイヤル・ルームに比べると、驚くほど狭い。天井は、屋根の形に湾曲していて低いので、圧迫感はあるが、それでも今までのB寝台に比べれば、ベッドは大きく、腰を下ろすと、窓から外の景色を楽しむことができるのだ。

まだ、小田母娘と、短い時間しか、一緒にいないのだが、それでも疲れた感じがする。問題の夜明けが近づいたら、もっと疲れるだろう。

(何とかして、ひろ子の心の秘密を聞きたいな)

と、直子は窓を流れる夜景を見ながら思った。

何かなければ、あの娘が、明日十月十日の夜明けに死ぬと、思い込むはずがないのだ。理由が見つかれば、説得も可能だし、防ぐ手段も思いつくだろう。

ロイヤル・ルームに比べると、はるかに小さな窓に、東京の街の夜景が流れて行く。ネオンがにじんで見えるのは、十月九日なのに、外は意外に暖かいのか。

(どんな心の傷が、考えられるだろうか？)

と、直子はあれこれ考えてみた。

死を連想させるのは、現実の死である。家族のひとりが悲惨な死に方をしていて、それが、ひろ子を苦しめているのだろうか？

家族の死といえば、すぐ、彼女の父親の事故死が思い浮かぶ。敬子の夫の死である。コンクリートの電柱に、激突しての死だから悲惨だが、十月十日ではないし、ひろ子がショックを受けたのはわかるが、自分の死につながるとは、思わないだろう。第一、家庭を省《かえり》みない父親だったらしいのだ。

それなら、父親が事故死しても、ひろ子は、ノイローゼにはならないだろう。むしろ、いい気味だと思ったのではないのか？

午後八時三十分に、三人は、揃《そろ》って食堂車へ出かけた。

5号車で、「グランシャリオ」という愛称がついている。やわらかな間接照明や分厚い肉質の椅子《いす》、それに、じゅうたんが豪華さを出している。

三人は、七千円のAコースを頼んだ。それに、直子はビール。

運ばれて来たフランス料理は、なかなかのものだった。直子は、緊張してはいたが、楽しく味わうことができた。

この食堂車は、午後九時三十分からは、パブ・タイムとしてウイスキー、コニャック、ワインなどが出るということだった。

ひろ子は、やはり食欲がないといい、途中で席を立ち、自分の部屋に帰ってしまった。

母親の敬子がおろおろして、自分も戻ろうとするのを、直子は、引き止めた。

「まだ、夜明けには、時間があるわ」

「でも、心配で――」

「大丈夫。ときにはひとりにしてあげないと、息苦しくなってしまうわ」

と、直子はいった。が本当は、敬子からいろいろと聞きたいことがあったからだった。

列車は、宇都宮《うつのみや》を過ぎて、次の停車駅の郡山《こおりやま》に向かっている。

「ねえ。本当の理由を聞かせてほしいんだけど」

と、直子は敬子に小声でいった。小声になったのは、うしろの席に、カップルが腰を下ろしていたからである。こんな席で死について喋《しゃべ》っていたら、訝《いぶか》しまれるだろう。

「本当の理由？」

敬子は、娘が戻ってしまった方向に、落着きのない眼をやりながら、おうむ返しにきき返した。

「ひろ子さんがこれだけ思い込むのは、よほどの事情があるからに違いないわ。あなたは、その理由を知っているんでしょう？　それを聞かせてほしいの。わかれば、何か防ぐ方法が見つかるかもしれないしね」

と、直子は相手の眼を見つめながらいった。

「そんなもの、何もないわ」

と、敬子はいう。

「ねえ。敬子さん。何もなくて、ひろ子さんが、十月十日の夜明けに、自分が死ぬと思い込むことはないと思うわ。何か、大変なショックがあって、そのために思い込んでいるんだと思うの。あなたは、母親だから、その理由を知らないはずはないわ。そうでしょう？」

「――――」

敬子は、黙ってしまった。

「いえないのは、それが、小田家の恥になるからなの？」

「いいえ。そんなことは――」

「じゃあ、何か、他にあるのかしら？　ひろ子さんだって、普通の若い娘さんに見えるわ。いえ、現代ふうで、背も高いし、美人だし、死ななければならない理由なんか、どこにもないように見える。それなのに、死ぬと思い込むのは、何か理由がなければならないのよ」

「私にも、わからないの。彼女が、勝手に思い込んでいて、それだけに、私は、どうしていいかわからないんですよ」

と、敬子はいった。

が、直子には、信じられなかった。母親が、何も知らないなんて、あり得ないと思う。それに、理由を知っているから、余計、不安なのだろう。

「十月十日の夜明けに、家族の誰かが亡くなったんじゃないんですか？　それを、ひろ子さんは、自分の責任と思い込んでいて――」

と、直子はいった。

敬子は、激しく首を横に振って、

「そんなことありません。娘は、ひろ子一人だし、亡くなった主人は、交通事故なんです。それも一月で、十月十日じゃありませんわ」

と、いった。

その強い否定の調子が、かえって直子に疑惑を持たせた。

（やはり、家族の誰かが、十月十日の夜明けに亡くなっていて、それを、ひろ子が、自分のせいと思い込んでいるみたいだわ）

と、直子は確信を持った。

しかし、ひろ子本人か、母親の敬子が話してくれないと、真実がわからないし、どうして、ひろ子の死を防いだらいいのか、わからなかった。

「ロビー・カーに行って、ゆっくりお話をしましょうよ」

と、直子はいった。

3

「二十二歳というところが、核心だと思いますね」

と、亀井が十津川にいった。

「その理由は？」

と、十津川がきく。

「具体的に、二十二歳の十月十日の夜明けと、いっているわけでしょう？　だが、当人は、まだその瞬間を迎えてはいないわけです」

「そうだ」

「二つの考えがあると思うのです。第一は信用絶大な占い師がいて、彼女に、お前は二十二歳の十月十日の夜明けに死ぬといったケースです。彼女が、その占い師を信じていて、二十二歳の十月十日の夜明けになったら、必ず死ぬと思い込んでいる。どうやっても、防ぐことができないと、絶望的になっている。あり得ないことではないと、思いますが――」

と、亀井がいった。

「その場合は、占い師が、よく当たるという前提が必要だね？」

「そうです。調べてみましょう。若い女性は、占いというのを、信じるそうですから」

「第二の場合は？」

「警部もいわれたように、非常に身近な人間が、二十二歳の十月十日の夜明けに死んでいるということです」

「だが、それが、見つからないんだよ。父親は、死亡年齢も、月日も違っているし、一人娘だからね」

「友人ということも、考えられますよ」

と、亀井はいった。

「友人か」

「あるいは、大学の先輩です。何かの事件か事故で、親友か、先輩が亡くなり、そのショックが、今でも彼女を占領しているというケースです」

「なるほどね」

「もう一つは、彼女には、腹違いの姉妹がいるんじゃないかということです。父親は、プレイボーイで有名だったそうですから、大いにあり得ると思うのですよ」

と、亀井はいった。

「なるほどね」

「例《たと》えば、父親が、別の女に産ませた姉妹がいたとします。二人いて、その娘が、二人とも二十二歳になった十月十日夜明けに、原因不明で死んでいたら、彼女も、ひょっとして、同じ年齢の同じ時刻に死ぬのではないかと、考えてしまうんじゃないでしょうか？　血とか因縁《いんねん》というのは、意外と気になるものですから」

「可能性は、あるね」

と、十津川はいった。

彼は、腕時計に眼をやった。まだ十月九日の昼間である。

小田ひろ子が怯《おび》えている原因がつかめれば、妻の直子が、何とか処置できるのではないかと思った。

「その二つについて、調べてみたいね。カメさん、協力してくれるか？」

「もちろんです。死を未然に防ぐのも、警察の仕事の一つだと思いますよ」

と、亀井はいった。

十津川は、亀井と、もう一人、若い西本《にしもと》刑事にも手伝ってもらって、亀井がいった二つの可能性について、調べてみた。

第一は、東京の有名な占い師に当たることだった。

現代は、占いブームである。著名な占い師は、みな多忙だった。が、会ってくれた占い師は、いい合わせたように、

「いくら、占いに出ても、相手の死についてはいいませんよ」

と、いった。

ただ、その中の一人、岳水《がくすい》という初老の占い師は、

「二十二歳の誕生日の十月十日ということに、記憶がありますね」

と、いった。

「若い女性が、聞きに来たんじゃありませんか？」

と、十津川がきいた。

「そうです。あれは三カ月ほど前でしたかね。若い娘さんが訪ねて来て、自分は、二十二歳の誕生日の十月十日に死ぬ運命だが、それが、顔や手相に出ているかと、きかれたんですよ。奇妙な質問だったので、覚えているんです」

「なぜ、そんなことをきくのか、理由をききましたか？」

と、十津川はきいた。

「いや、それをきくのは、占い師として、マイナスになりますからね。おそらく、身内の不幸に関係があると睨《にら》みました」

「それで、何と答えられたんですか？」

と、亀井がきいた。

「人の死については、何も申し上げられないといいましたよ」

「しかし、占いは、されたんでしょう？」

「あまりに、熱心にきかれましたのでね」

「占いには、どう出ていたんですか？」

と、若い西本が、興味を感じたらしく、首を伸ばすようにしてきいた。

岳水は、微笑して、

「大丈夫と出ていましたね。怖いのは、むしろ、彼女自身が思い込んで、自分を傷つけることとです」

と、人生相談ふうのいい方をした。

次は、彼女に、腹違いの姉妹がいるのではないかということである。

父親である小田が、認知していなかったとすると、探すのは骨である。

十津川たちは、小田が関係した女たちを探して歩いた。

まず、同業者仲間に会って、女の名前をきき、訪ねていく。

その結果、小田は、さまざまな女性と関係していたのがわかった。

秘書だった女、クラブのママ、新人タレント、そして芸者といった女性である。

その中に、女の子を作った女性がいないかどうか？

ありがたいことに、彼女たちは、他の女について敏感で、よく知っていた。

その結果、クラブのママだったという女性との間に、子供がいたことがわかった。

それを教えてくれたのは、昔、新橋《しんばし》の芸者で、現在、クラブをやっている女性である。

「その娘の名前は、確かみどりで、新聞に出ましたよ」

と、十津川にいった。

「何で、新聞に出たんですか？」

「火事で亡くなったんですよ。逃げおくれて、死んだんじゃありませんでしたかねえ」

と、いう。

「それは、いつですか？」

「去年の十月頃だったかしら」

と、いう。

「亡くなった娘さんですが、二十二歳じゃありませんでしたか？」

「さあ、知りませんけど、いい娘さんだったようですよ」

と、いった。

十津川たちは、早速、去年の十月の新聞縮刷版を調べてみることにした。

4

問題の新聞が、見つかった。

十月十一日の朝刊である。

〈十月十日の午前四時頃、豊島《としま》区目白《めじろ》×丁目のマンション「ヴィラ・トシマ」903号室から出火し、この部屋に住んでいた川西《かわにし》みどりさん（二二）が、逃げおくれて焼死した。前日から、遊びに来ていた友人の小田ひろ子さん（二一）は、全治一カ月の

火傷《やけど》をしたが、無事だった〉

他の朝刊には、こんな記事も出ていた。火事の報道は、同じだったが、助かった小田ひろ子の談話というのが、載っているのである。

〈『みどりさんは、いったん、部屋の外に逃げたのに、私を助けるために引き返し、煙に巻かれてしまったんです。私の身代わりに亡くなったんです』と、小田ひろ子さんは、半狂乱で語った〉

「見つけましたね」

と、亀井が嬉《うれ》しそうにいった。

「見つけたね」

と、十津川もうなずいた。

新聞には、友人となっているが、実際には、異母姉妹だし、そのことは、おそらく、二人とも知っていたに違いない。

十津川は、さらにくわしく、この事件を知りたかったので、夜半に近かったが、豊島消防署に車を飛ばして、この火事について聞くことにした。

「ああ、この火事のことは、よく覚えていますよ」

と、署員の一人がいった。

「女性二人がいて、一人が死亡していますね？」

「そうなんです。それと、助かった女性が、半狂乱になっていたので、よく覚えているんですよ」

「火事の原因は、何だったんですか？」

「ガス漏《も》れですね。それに引火したために、あっという間に、部屋が火の海になったんです」

「助かったのが、小田ひろ子という女性で、もう一人は、彼女を助けようとして、死んだということですか？」

「そうなんです。助かった娘さんは、本当に半狂乱になっていましてね。遊びに来て、自分は寝ていた、といってました。部屋の主は、いったん逃げたが、彼女が寝ているのを思い出し、火の中に飛び込んで助けたが、力つきて、死んでしまったんです」

「それで、助かった女性は、自分の身代わりになったと――？」

「ええ。うわ言《ごと》みたいに、そういっていましたよ」

「二人は、友人ということですが」

と、十津川がいうと、相手は、去年の日誌を取り出して来て、

「亡くなったのは、川西みどり二十二歳で、助かったのは、小田ひろ子二十一歳ですね。友人となっています」

「ひろ子さんも、全治一カ月の火傷ということですが」

「ええ。毛髪は、焦《こ》げていたし、手足にも、火傷を負っていましたよ。泣き叫ぶのを、無理矢理、病院に運んだんです」

「具体的に、彼女は、話したんですか？　自分が助けられたときの状況ですが」

「翌日になって、落ち着いてからね」

と、署員はいった。

「その説明を、聞かせてくれませんか」

と、十津川は頼んだ。

「彼女の説明によると、こうです。彼女は、前日の十月九日の夕方、遊びに来て、女二人でビールを飲み、眠ってしまった。火事になったのを知らずに寝ていた。みどりは、すぐ逃げ出したが、友人の彼女がいないのに気がつき、引き返した。彼女が起こされたときは、眼の前が炎で真っ赤だった。他人の部屋なので、どう逃げたらいいか

わからずに、まごついていると、みどりが、彼女を突き出すように、部屋の外へ逃がしてくれた。しかし、そのあと、みどりは力つきて、焼死してしまったというのです。それで、自分の身代わりに死んだと、思い込んでいるみたいでした」

「焼死した川西みどりには、昔、クラブのママだった母親がいたはずなんですが、彼女のことは、何かわかっていませんか？」

と、十津川はきいた。

「母親は、彼女が高校一年のときに、亡くなったそうです」

「というと、七年前ですね？」

「そうですね」

「すると、そのあとは、誰が、彼女の面倒を見ていたんですか？」

「それですが、父親が、あれこれ面倒を見ていたようです」

「父親というと、小田興業の社長ですか？」

「なぜ、ご存じなんですか？」

「いろいろと調べましてね」

と、十津川はいった。

消防署員は、うなずいてから、

「私も気になっていて、葬式に参列したのですが、小田誠一郎さんの友人という人が見えて、少しだけお話ししました。それによると、小田さんというのは、プレイボーイとして有名だったが、みどりさんをとても可愛がっていて、ずっと援助をしてきたというのです。学費はもちろん、あのマンションも買い与えたし、大学に入ったときには、車もプレゼントして、とても楽しそうだったそうですよ。また、みどりさんの名義で、土地も買っておいたとも聞きました」

「それだけ、可愛がっていたということですね」

「そうでしょうね。写真を見ても、美人で、魅力のある娘さんでしたよ。母親似だということでしたね。ああいう娘さんが、早く死んでしまうんですねえ」

と、消防署員は小さな溜息《ためいき》をついた。

「出火は、十月十日の午前四時頃というのは、間違いありませんか？」

「正確には、四時十五分ですね。だから、夜明け近くと書いた新聞もありましたよ」

「あなたから見て、助かった小田ひろ子というのは、どんな娘でしたか？」

と、十津川はきいてみた。

「そうですねえ。一回、それも、彼女が火傷して、入院しているときに、事情聴取のため、会っただけですが、多少、エキセントリックな娘さんだと、思いましたね」

「なぜですか?」

「助けられたとき、彼女は、友人が死んで、半狂乱でしたが、入院したあとも、私の顔を見ると、その友人は、自分の身代わりになったと、泣いていましたからね。看護婦の話でも、申しわけないといって、五階の窓から身を投げようとしたそうです」

と、消防署員はいった。

十津川は、腕時計に、眼をやった。

午後十一時三十分になろうとしている。

(「北斗星5号」は、間もなく仙台に着くな)

と、十津川は思った。

二三時三二分、仙台着で、二分停車したあと、二三時三四分に発車する。

そのあと、「北斗星5号」は、函館まで停車しないのだ。

いや、正確には、運転停車があるから、無停車ではない。

「北斗星5号」についていえば、海底トンネルに入る前に、青森信号場に停車し、機関車を取りかえる。

これが、午前四時過ぎのはずだが、乗客の乗り降りはないので、時刻表には載っていないのである。

おそらく、乗客は、まだ眠っているだろう。

（午前四時過ぎか）

十津川は、急に表情をこわばらせた。

ひろ子の異母姉、みどりの死亡が、午前四時過ぎだったことを、思い出したからである。

これは、偶然の符合かもしれないが、午前四時という時間が気になった。

（直子は、ひろ子の異母姉のことを聞き出しているだろうか？）

と、思った。

聞いていれば、直子のことだから、何とか対策を講じるだろう。

（何とか、知らせてやりたいが）

と、十津川は思った。

相手が、新幹線に乗っているのなら、電話をかけられるが、「北斗星5号」の電話は着信ができないので、電話して、知らせるわけにはいかない。

十津川は、時刻表に眼を通してみた。

三分前に、「北斗星5号」は、すでに仙台を出てしまっている。

そして、次の函館着は、翌十月十日の午前六時三八分である。

十月十日の夜明けに、何か起きるとすれば、函館に着いたときには、もう終わってしまっているだろう。

それまでに、連絡したい。

十津川は、亀井を連れて、上野駅に急行した。

午前零時になっていた。

駅長に会って、

「『北斗星5号』の乗客に、連絡したいんですが、可能ですか？」

と、きいた。

「列車無線を使えば、連絡できないことは、ありませんよ」

と駅長はいった。

「しかし、それで、直接、私が乗客に、話しかけられるわけじゃないでしょう？」

十津川が聞くと、駅長は、うなずいて、

「もちろんです。こちらから、列車無線で、『北斗星5号』の運転手に連絡します。それを車内の連絡用インターホンで、車掌に伝える。車掌が、それを乗客に伝えるという形になりますね」

「とにかく、正確に、伝えなければならないんですよ。できれば、ファックスで送って、それを乗客に渡してほしいんですがね」

と、十津川はいった。

「それなら、途中の駅に、ファックスを送っておいて、停車したとき、それを車掌が受け取り、乗客に渡すことにするより、方法がありませんね」

「途中の停車駅ということ？」

「函館駅ということになると思いますが」

と、駅長がいった。

「いや、それでは、間に合わないんです。できれば、午前四時までに知らせたいんですよ」

十津川がいうと、駅長は、「弱りましたね」と、呟いてから、助役の一人を呼んで、

「何とか、ならないかね？」

と、きいてくれた。

「仙台を出たところで、あとは、函館まで、停車しませんからね。もちろん、そこまでの途中の駅で、臨時停車させることはできます。駅の信号を赤にすればいいんです。だが、それには、それだけの理由が必要です」

と、助役はいった。

理由——といわれて、十津川は、困惑した。

二十二歳の若い女の妄想が、果たして列車を停めるだけの理由になるだろうか？

しかも、必ず何かあるとは、限らないのだ。

いや、何も起きない可能性のほうが高い。妄想とは、そんなものだ。

だが、十分の一ぐらいの割合で、何かが起きる可能性もある。例えば、ひろ子が自殺するといった可能性である。

十津川は、亀井と顔を見合わせた。事実をいったら、どうなるだろうか？

たぶん、そんなことで、列車は停められませんといわれるに違いないと、十津川は思った。

「無理でしょうね」

と、亀井も小声でいった。

警察に置きかえれば、はっきりする。どこかの家庭で、うちの子供が、何月何日に死ぬといっているので、その日一日、見張ってほしいと頼まれたら、どうするか？

警官やパトカーを派遣する代わりに、精神科医に診《み》てもらいなさいというだろう。

と、いって、十津川は、ウソはつけなかった。

あとになって、問題化することは、眼に見えているからである。その場合、警察全体が批判されることになってしまう。

「『北斗星5号』は、青森信号場に、運転停車しますね？」

と、十津川は助役にいった。

「ええ。機関車の交換のために、停車します」

「そのときに、伝えてもらうことは、可能ですか？」

「できると思います。まだ、四時間は余裕がありますから」

と、助役はいった。

十津川は、今までにわかったことを書き、それを、青森駅に、ファックスで送ってもらうことにした。

宛先《あてさき》は、同じ列車に乗っている妻の直子である。

間に合うかどうかわからないが、十津川は、他に方法が見つからなかったのだ。

5

「北斗星5号」は、盛岡《もりおか》駅を通過した。

直子たちは、6号車、ロビー・カーにいた。

一部は、シャワー・ルームになっているが、一両の大半がロビーである。四人掛けのソファが四つと、一人用の回転椅子が十二置かれていて、飲みものとおつまみの出る自動販売機が備えつけてあるので、ビールを飲みながら、外の景色を楽しんでいる乗客が多い。

ひろ子をひとりだけにしておくのは心配なので、直子が、無理矢理、ロビー・カーに連れてきたのである。

直子はビールを飲んだが、小田母娘のほうは、何も飲まずに、じっと窓の外の夜景を見つめている。いや、正確にいえば、じっと見つめているのは、ひろ子のほうで、母親の敬子は、それをおろおろしながら、見守っているといったほうがいいだろう。

直子は、心配も心配だが、次第に腹も立ってきた。

敬子は、娘のことが心配だから、一緒に来てくれと頼んだのである。それなら、何もかも話してくれればいいのに、いっこうに本当のことを話してくれない。それに、いらだつのである。

窓の外は、すでに漆黒《しっこく》の闇《やみ》だった。

ときどき小さな駅の明かりが眼に飛び込んでくるが、それは、あっという間に飛び去って、また闇が広がる。

東京の周辺を走っていると、絶えず、家の灯《ひ》が見えるのだが、この東北では、ぽつん、ぽつんとしか見えて来ないのだ。

（あの娘《こ》は、どんな気持ちで、この闇を見つめているのだろうか？）

と直子は、ひろ子の横顔に視線をやった。

怖いほど、かたい表情に見える。

何かを思いつめている顔だと思う。知りたいのは、その中身と、なぜ思いつめているのかということだった。

（一番怖いのは、自殺だけど——）

と、思う。

突然、「わッ」と声をあげて、ひろ子が、テーブルに突っ伏した。

ロビー・カーにいた他の乗客が、呆気《あっけ》にとられている。

母親の敬子は、慌《あわ》ててひろ子の肩に手をやって、

「どうしたの？　どうしたの？」

と、叫んでいる。

ひろ子は、突っ伏したまま、激しく肩をふるわせて、泣き出した。

「部屋に連れていったほうがいいわ」

と、直子が声をかけ、敬子と二人で抱えるようにして、ひろ子を3号車のロイヤル・ルームに運んで行った。

ひろ子は、その間、泣きながら、

「死にたいの！　死なせて！」

と、叫び続けた。

その声で、車掌がびっくりしたらしく、飛んで来た。

「どうされたんですか？」

と、直子たちに声をかけた。

「何でもありません。すいません」

と、敬子は蒼《あお》い顔でいい、ロイヤル・ルームにひろ子を押し込むようにした。

通路に残った直子に、車掌が、

「本当に、大丈夫なんですか？」

と、心配そうにきいた。

直子は、部屋の様子に、耳をそばだててみた。ひろ子の泣き声がやんでいるところをみると、何とか、母親がなだめているのだろう。

「大丈夫ですわ」

と、直子は車掌にいった。

「どうしたんですか？　ひどく泣かれていたようですが」

「若い娘さんですから、ちょっとしたことに、興奮してしまうんです。もう、おさまったようです」

「それならいいんですが――」

車掌は、そういって、乗務員室のほうに消えていった。

直子は、通路に人の気配がなくなったのを確かめてから、ドアをノックした。

敬子が、ドアを細めに開けた。

「どう？」

と、直子は小声できいた。

敬子は、青ざめた顔で、

「何とか、おさまったんですけど、思いつめてるみたいで、心配なの」

「今、話せます？」

「さあ、ひろ子が――」

と、背後を気にしていた。

「話せたら、何もかも打ち明けてほしいわ。お嬢さんが死にたいと口走るのは、よほどの理由があるからなんでしょう？　あなたは、その理由を知っているはずだから、私にも教えてほしいわ」

と、直子はいった。

「あとで、話します」

と、敬子はいった。

「できれば、夜明け前に話してね」

と、直子はいい、いったん自分の部屋に戻った。

その直子の耳には、まだ、ひろ子の激しい嗚咽《おえつ》がひびいていた。

6

「北斗星5号」が、停車した。

青森信号場での運転停車である。

直子は、眠る気にはなれず、自分の部屋で、じっと窓の外を見つめていた。

(間もなく、夜明けになるわ)

だが、まだ、敬子は、話しに来てくれない。

ドアがノックされたので、彼女かと思って、顔を出すと、車掌がいて、

「失礼ですが、十津川直子さまですか？」

と、きく。

直子が、うなずくと、

「ご主人からの伝言が、届いています」

と、車掌がいい、ファックスされたものを渡した。

なるほど、夫の筆跡である。

直子は、礼をいい、寝台に腰を下ろして、それに眼を通した。


〈小田母娘の件につき、わかったことをお知らせします――〉


と、いう書き出しだった。

（他人行儀な文章――）

と、直子は、微笑しながら、読んでいったが、ひろ子の異母姉の焼死のところへくると、さすがに真剣な眼になった。

読み終わったとき、直子は、謎が解けた、ほっとした気分と同時に、それでは、自

分を責めるあまり、自殺の衝動に、かられるかもしれないという不安も感じた。

直子が、急に怯えた眼になって、立ち上がったとき、ぐらりと揺れて、停車していた列車が動き出した。

機関車の交換が終わって、「北斗星5号」が、いよいよ、青函トンネルに向かって走り出したのだ。

おそらく、青函トンネルを抜けると、夜明けだろう。

だが、今の、四時過ぎも、そろそろ夜明けに近いし、問題の、火事の時間にあたる。

直子は不安になり、小田ひろ子のいるロイヤル・ルームをノックしてみた。

返事がない。

ひろ子の他に、母親の敬子もいるはずだった。それなのに応答がない。

とっさに、「母娘心中」という言葉が、直子の頭にひらめいた。

直子は、乗務員室に飛んでいき、さっきの車掌に、

「ロイヤル・ルームを開けてください！」

と、叫んだ。

「どうしたんです？」

と、車掌がきく。直子は、説明するのが、もどかしいので、

「中で、人が死んでるかもしれないの。とにかく、開けて頂戴《ちょうだい》！」

と、いった。

車掌は、その勢いに押された格好《かっこう》で、

「さっきの方ですね」

と、いいながら、磁気カードで、ロイヤル・ルームのドアを開けてくれた。

直子は、車掌を押しのけるようにして、部屋に飛び込んで、「あッ」と、悲鳴をあげた。

眼の前が、血の海だったからだった。

ベッドも床も血が飛び散って、赤く染《そ》まっていた。

直子の背後から、覗《のぞ》き込んだ車掌も、立ちすくんでしまっている。

（しっかりしなければ――）

と、直子は自分にいい聞かせ、眼を多く見開いた。

床に、小田母娘が折り重なるようにして、倒れている。

直子は、列車の中ということを忘れて、車掌に、

「救急車を呼んで！」

と、叫んでしまった。

「とにかく、次の駅で停車して、医者を――」

車掌が、声をふるわせていった。

列車は、青函トンネルの手前の蟹田《かにた》駅で臨時停車し、救急車が駆けつけた。

応急手当てをして、病院に運ばれたが、母親の敬子のほうは、出血多量で死亡し、娘のひろ子は、意識不明だった。

直子も、病院までついていった。

医者は、直子に向かって、

「娘さんは、何とか助かりそうですよ」

と、いった。

「意識は、まだ、戻りませんか？」

「しばらく、静かにしておいてあげてください。手首を切っているし、死にかけたんですから」

と、小柄な医者は、直子にいった。

直子は、待合室で、ひろ子が、気がつくのを待つことにした。

間もなく、夜が明ける。

直子は、ロイヤル・ルームの血の海の中に落ちていたナイフのことを思い出していた。

べっとりと血のついたナイフである。

あれで、ひろ子は、自分の手首を切って自殺を図《はか》り、母親の敬子は、自分を刺して、死亡したのだろうか？

今頃、青森県警が現場検証をしているだろうが、二人のうちの一人が死亡してしまい、もう一人は、意識不明では、ロイヤル・ルームで何があったのか、想像するのも難しい。

直子が考え込んでいるうちに、窓ガラスの向こうが明るくなってきた。

看護婦の声が、聞こえてくる。

パトカーのサイレンの音がして、どかどかと、青森県警の刑事たちが入ってきた。

七人ほどの男たちである。

受付で何かきいていたが、その中の二人が、直子のところへやってきて、

「あなたが、十津川直子さんですか？」

と、訛《なま》りのある声で聞いた。

「ええ」

「じゃあ、今度の事件のことを、話してくれませんか」

と、いう。

直子は、母親の小田敬子と知り合ったいきさつから話し、娘のひろ子が、二十二歳の十月十日の夜明けに、自分は死ぬと思い込んでいたこと、「北斗星5号」の中での母娘の様子を説明し、夫の十津川から送られてきたファックスも相手に見せた。

「警視庁の警部さんの奥さんですか」

と、相手は急に改まった口調になり、二人でファックスを読んでいたが、

「なるほど、小田ひろ子は、異母姉が死んだのは自分のせいだと思い込み、その責任感に苛《さいな》まれていたということになりますね」

「ええ」

「それで、同じ十月十日の夜明けに、自殺を図ったということですか?」

「かもしれませんけど、母娘でロイヤル・ルームに入っていたので、何があったか、正確にはわからないんです」

と、直子はいった。それが事実だった。一人の人間が死んでいるのだから、推測だけで、断定はできない。

「母親は、それを止めようとしたんですかね?」

と、県警の刑事はまだきいてくる。

「それは、小田ひろ子さんが、意識を取り戻したら、おききになってください」

と、直子はいった。

7

午前九時を過ぎて、やっと小田ひろ子が、意識を取り戻した。

しかし、しばらくは、半狂乱で、事情をきくことができず、県警の刑事たちも、病室の外で待つより仕方がなかった。

何とか、ひろ子が、話をするようになったのは、さらに一時間後だった。

刑事たちが、まず事情をききたいというので、直子は、待合室で待つことになった。

さすがに疲れが出て、眠くなってくる。

うとうとしかけたとき、ふいに肩を叩《たた》かれた。

驚いて、見上げると、夫の十津川が立っていた。

十津川は、直子の横に腰を下ろすと、

「君からの連絡を受けて、今、飛行機で着いたんだよ。ひどいことになったらしいね」

「ずっと、あの母娘に、ついていればよかったんだけど——」

と、直子はいった。

「それは、仕方がないさ。何といっても、君は、あの母娘にとって、他人だからね。それで、今はどうなっているの？」

「ひろ子さんが意識を取り戻したので、青森県警の刑事さんたちが、事情をきいているわ」

「君の考えは、どうなんだ？」

と、十津川がきいた。

「私の？」

「ああ。君は、二人と話をしているんだし、女同士ということで、私なんかより、よくわかるんじゃないかな」

と、十津川はいった。

「そうね。あの娘さんは、すごく感情の起伏の激しい女性だと思うの。だからこそ、十月十日に自分は死ぬと、思い込んでいたんじゃないかしら？　自分が死ぬというより、死ななければいけないとね」

「去年、異母姉を、自分の身代わりに死なせているから？」

「ええ」

「なるほどね」

「『北斗星5号』の車内でも、突然、死にたいと叫んで、泣き出したりしたわ」

「そのとき母親のほうは、どんな様子だったね？」

「もう、おろおろしてしまって、自分が代わりに死んでやりたいといってるみたいだったわ」

「なるほどね」

と、十津川がうなずいたとき、青森県警の刑事たちが病室から降りてきた。

その中の一人が、十津川に近寄って、

「県警の山田《やまだ》です」

と、自己紹介した。

「小田ひろ子さんは、どんなことを、喋ったんですか？」

と、十津川は山田にきいた。

「最初は、半狂乱状態で、死にたい、死なせてくれと、わめいていましたがね。どうにか、少し落ち着いて、事情を話してくれました。彼女には、腹違いの姉がいて、その姉が、去年の十月十日の夜明けに、焼死しているそうです」

「名前は、みどりです」

「ファックスに、そう書かれていましたね」

「やっと、調べ出したことです」

「その姉は、自分を助けようとして、焼死した。そのときから、小田ひろ子は、同じ時刻に、自分も死ぬ、いや死ななければならないという強迫観念にとらわれたようです。今日、その時刻が近づいたとき、彼女は、ナイフで自分の左手首を切ったんです」

「そのナイフは？」

と、十津川がきいた。

「近所で買ったか、自宅から持ってきたのかだと思うんですが、彼女は、覚えてないというんです」

「左手首を切ったあと、どうなったんですか？」

「彼女は、右手の手首も、切ろうと思ったというんですが、そのとき、母親が気づいて、慌ててナイフをもぎ取ろうとした。ひろ子が取られまいとして、必死で争っているうちに、二人は床に倒れ、突然、母親が悲鳴をあげたというのです。そのとき、ナイフが母親の腹に刺さったんじゃありませんかね。大変なことになった、助けを呼ぼうと思ったが、彼女も左手首を切って、血が流れ出ていたので、そのうちに、気を失ってしまったといっています」

「その直後に、君と車掌が、飛び込んだわけだね」

と、十津川は直子を振り返った。

「そうだと思うわ」

と、直子が応じた。

「それで、青森県警としては、この事件をどう見ておられるんですか？」

十津川は、山田にきいた。

「そうですねえ。最初は、『北斗星5号』の車内で、人が殺されたと聞いたときは、てっきり殺人事件と思いました。しかし、どうやら、違うようですね。強《し》いていえば、事故でしょうか。それとも、無理心中崩れといったらいいのか」

「無理心中崩れ――？」

「そうです。うちの課長も、いっていたんですが、死んだ母親は、必死で娘を助けようとしたとき、自分が死んでも構わないと思ったんじゃないか。とすると、無理心中の変形じゃないかといいましてね」

「うまいこと、おっしゃるわ」

と、直子が感心したようにうなずいた。が、十津川は、難しい顔になっていた。

「すると、釈放ですか？」

と、きいた。

山田は、うなずいて、

「全治したらということですがね。亡くなった母親以上に、彼女は、傷ついたと思いますよ。そのほうが心配です」

と、いった。

山田が病院を出て行くと、直子は、それを見送ってから、

「あなたは、何を考えていらっしゃるの？」

と、十津川にきいた。

「外へ出て、話をしよう」

と、十津川はいった。

二人は、病院の外に出た。近くを、JRの線路が走っている。

上りの列車が、轟音《ごうおん》を立てて、通過して行くのを見送ってから、十津川は、

「偶然が、重なり過ぎるんだよ」

と、いった。

「どういうこと？」

歩きながら、直子がきいた。

「去年の十月十日、彼女は、異母姉のみどりと火事に遭《あ》い、異母姉は死んだが、彼女は、危うく助かった。一年後の十月十日、今度は母親が死んだが、彼女は、またしても、一命を取り留めた。どう見ても、偶然が重なり過ぎているよ」

と、十津川はいった。

直子は、首を傾《かし》げて、

「十月十日の夜明け近くということが、一致しているのは、彼女が、その日時を強く意識していて、そのときに自殺を図ったからよ。別に、偶然が重なったということじゃないわよ」

「私のいうのは、相手が死んで、彼女が助かっているということさ」

と、十津川はいった。

直子は、急に立ち止まって、十津川を見た。

「あなたは、彼女が、一年前に、異母姉を殺し、今度は、母親を殺したと思ってるの？」

ちょうど、朝陽《あさひ》が、まともに十津川の顔に当たっていて、彼は、眩《まぶ》しそうに、眼をしばたたいた。

「断定はしないが、その可能性はあると思っているし、可能性があれば、調べなければいけないと考えているよ」

「でも、彼女も、死にかけたのよ。異母姉は、憎かったから、殺したい気持ちもわかるけど、実の母親を殺したくなるかしら？」

「子供というのは、どんなことにだって、腹を立てるものだよ」

と、十津川はいった。

「例えば？」

「私は、十代の頃、虫歯が多くてね。それを、母親が、甘いものばかり、自分に食べさせたせいだと思い込んで、憎んでいたことがあるんだ。母親にしてみれば、可愛がって、憎まれるんだから、八つ当たりもいいところだが、子供なんて、そんな勝手なものだよ」

「じゃあ、小田ひろ子の場合は？」

と、直子がきいた。

十津川は、また歩き出しながら、

「父親は、女にだらしがなくて、家庭を省《かえり》みなかった。それどころか、他の女に子供を産ませて、その子を溺愛《できあい》していた。みどりをね。ひろ子は、父親を憎み、みどりという姉を憎んでいたと思うんだ。ひょっとすると、三年前の父親の事故死も、ひろ子が仕組んだんじゃないかと、私は思っている」

「まあ」

「あり得ることさ。彼女が、父親から可愛がられたという記憶がなければ、憎んだとしても、おかしくはないんだ。父親を事故死に見せかけて殺し、そのあと、ひろ子は、異母姉のみどりに近づき、去年、彼女のマンションで火災を起こし、相手を焼死させた」

「それじゃあ、みどりさんが、彼女を助けようとして焼死したとは、思わないわけね？」

と、直子がきいた。

「そういう状況を作っておいて、殺したと私は思っているんだよ」

「それで、今度の事件は？」

「ひろ子は、あるいは、一番、憎んでいたのは、母親かもしれないと思うんだよ。父親が女を作り、子供まで作るようになったのは、すべて母親のせいだと思っていたかもしれないからね。彼女が父親を殺し、異母姉を殺したとすれば、最後には、母親を殺したいと、思っていたとしてもおかしくない。その最後の殺人のために、ひろ子は、準備をしていたんだ。二十二歳になった十月十日の夜明けに死ぬんだと、まわりにいいふらすことでね」

と、十津川がいうと、直子は、眉をひそめて、

「よく、まあ、そんな意地悪な見方ができるわねえ」

と、溜息をついた。

8

「私は、刑事で、疑うのが仕事だからね」

「それで、彼女は、どうする気だったと思うの？」

と、直子がきいた。

「母親の敬子は、当然、心配する。去年の事件のせいだと思い込む。ひろ子は、それを利用して、母親を殺すことを、計画していたんじゃないかと思うんだよ」

「どんなふうに？」

「十月十日になれば、母親は、ひろ子が自殺するのではないかと思って、べったりと

くっついて離れない。そこで、ひろ子は、おそらく部屋に火をつける気だったんじゃないかと、思うのだ。火をつけて、その中に飛び込んで自殺を図ると、母親も、助けようとして、身を挺《てい》してくる。そして、結果は、彼女は生き残って、母親が焼死してしまう。助けようとした人間が死ぬことは、よくあることだからね」

「でも、彼女は、そうしなかったわ」

「ああ、そうだ。母親は、自分の家の恥になることだから、誰にも相談せずに、ひとりで悩むと、ひろ子は、読んでいたんじゃないかな。ところが、君に相談した。それで、『北斗星5号』に乗ることになり、ひろ子にしてみれば、少しばかり、計画が狂ってしまったんじゃないかと思うのだよ」

と、十津川はいった。

「でも、事件は、起きたわ」

「そりゃあ、そうさ。ひろ子は、今年の十月十日の夜明けに、自分は死ぬと、いいふらしていたんだから、延期は、できなかったんだ。といって、『北斗星5号』のロイヤル・ルームで、火災を起こすことはできない。そこで、持って来たナイフを使ったんだ」

と、十津川はいった。

「あなたのいうように、母親を殺す気だったら、最初に自分の手首を切ったりはしないわね？」

「ああ、おそらく最初に、ひろ子は、いきなり、ナイフで母親の腹を刺したんだと思うね。血が噴《ふ》き出し、周囲が血の海になってから、ひろ子は、自分の手首を切ったんだよ。君が心配して、見に来るのを見越してね」

「そうね。私は心配になって、見に行ったわ」

「そして、間一髪《かんいっぱつ》、ひろ子は、命を取り留めた」

「わからないわ。彼女が、そんな恐ろしい女だなんて、信じられないもの」

直子は、小さく、首を振った。信じられないというより、信じたくないのだろう。

「私だって、こんなことは、考えたくないさ」

と、十津川はいってから、続けて、

「しかし、今や、孤独な小田ひろ子は、使いきれないほどの財産を手に入れたんだ。それを、誰にも気がねせず、自由に使える身分になったんだ」

「そのために母親まで殺したというの？」

「いや、今もいったように、動機は、憎しみだったと思う。だが、結果的に、彼女は、二十二歳の億万長者だよ」

と、十津川はいった。

「そうね」

と、直子は呟き、しばらく黙って歩いていたが、

「あなたのいう通りだとしても、それを証明できるかしら？」

と、十津川にきいた。

「証明ね」

「青森県警も、これは事故だと決めつけてるわ。無理心中の変形だって。殺人と証明できるの？」

と、直子がきいた。

「わからないが、ひろ子の計画は、君によって、変更を余儀なくされたはずなんだ。今もいったけど、彼女は、自宅で火事を起こし、母親を焼死させようと、計画していたんだと思うね。それが、一番、世間を納得させられると、思っていたろうからだ」

「一年前に、異母姉を火事で死なせてしまったことが、深く彼女の心を傷つけていて、同じ十月十日の夜明けに、発作的に家に火をつけて、自殺しようとしたが、母親に助けられてしまった。そのとき、母親は、力つきて死んだというストーリーね」

「そうだよ。母親の敬子と君が、『北斗星5号』に乗せてしまったので、このストー

リーが狂ってしまったんだ。といって、彼女は、今年の十月十日の夜明けに死ぬと、いいふらしていたから、この時間は変更できない。もう一度、計画を練《ね》り直して、別の日にということにしたら、殺人と見破られてしまうし、去年の事件まで、疑われてしまうからだよ」

「でも、『北斗星5号』の車内で、彼女は、うまくやったわ」

「あるいはね。だが、ミスをしているかもしれない。私としては、何とかそれを見つけ出したいんだ。今もいったように、彼女は、計画通りではないことをしたんだから、何か、小さなミスをしたはずだと思うし、火災なら灰になってしまうようなものが、残っている可能性があるからね」

「それに、彼女は入院しているから、証拠湮滅《いんめつ》は図れないわ」

「そうなんだ」

と、十津川はうなずいた。

9

問題の車両は、切り離されて、青森駅の待機線に停めてあった。

十津川は、電話で亀井も呼んだ。

午後の第一便で着いた亀井と十津川は、青森県警の了解を得て、現場であるロイヤル・ルームを念入りに調べてみた。

「ひどいものですね」

と、亀井はひと目で眉をひそめた。

血は、茶褐色に変色していたが、かえって、惨劇の凄《すさ》まじさを示しているようだった。血の匂いも消えていない。

「県警は、殺人の線はないと、決めてしまっているがね」

と、十津川は血で汚れたベッドや床を見まわしながらいった。

「つまり、われわれは、小田ひろ子の証言と違うものを見つけ出せば、いいわけですね？」

「その通りさ。彼女の証言によれば、このロイヤル・ルームに母親と二人でいた。十月十日の夜明けには、死ぬのだという強迫観念を持っていて、とっさに持って来たナイフで、自分の左手首を切ってしまった。母親が驚いて、そのナイフを取りあげようとする。もみ合っているうちに、そのナイフが母親の腹部に突き刺さってしまった。慌てて抜き取ると、血が噴出して、まわり一面が血の海になった。助けを呼ぼうとしたが、自分も、血が流れ出ているので、気を失ってしまった。これが、小田ひろ子の証言だよ」

と、十津川はいった。

「問題のナイフは、どうなったんですか？」

「県警が、調べたよ。刃には、二人の血がついていたし、柄《え》にも、二人の指紋がついていた。小田ひろ子の指紋のほうが、上だったが、これは、彼女の証言に合っているんだ。ナイフを奪い合っていて、母親の敬子の腹に突き刺さってしまい、それを慌てて抜き取ってから、気を失ったと、いっているんだからね。柄の表面の一番上に、ひろ子の指紋がついていて当然なんだ」

「ナイフの指紋は、駄目ですか」

亀井が、ちょっと残念そうにいった。

ロイヤル・ルームには、ひろ子のスーツケースがそのまま残っていた。中を調べてみたが、着がえや洗面具などが入っているだけで、彼女の犯意を証明するようなものは、見つからなかった。

ハンドバッグもあったが、同じだった。財布、化粧道具、キーホルダーなどが入っているだけである。

二人は、部屋の中を隅から隅まで調べてみた。

飛び散っている血は、小田ひろ子と母親の敬子のものである。それをいくら詳細に調べても、殺人の証拠は、見つからないだろう。

「これは、駄目ですよ」

と、亀井がいった。

「駄目かね」

「ええ。片方が死んでしまっていては、難しいですね」

「無理かな」

十津川は、小さく溜息をついた。

どこかに、ミスはあるはずだと思ったが、母親を刺し、自分の手首を切るといった単純な行為のため、それが殺人だったと証明することは、かえって難しくなってしまっているのだ。

十津川は、隣りのシャワー・ルームに入ってみた。

こちらは、もちろん、血は飛び散っていない。三面鏡、格納式の洗面器に、トイレ、そしてシャワー。

亀井も、入ってきて、

「何かありますか？」

「いや、こちらは、惨劇とは無関係だと思うんだがね」

と、いいながら、十津川は洗面器を引き出した。

ステンレスが、鈍く輝やいている。

「なかなか便利に出来ているよ」

と、十津川は、小さいが機能的な洗面器を見ていたが、急に亀井に向かって、

「すぐ、県警の鑑識に来てくれるように、頼んでくれ！」

と、怒鳴った。

「どうされたんですか？」

「この縁《ふち》のところに、血痕らしきものがついているんだよ」

と、十津川はいった。

それは、よく見なければ、見すごしてしまうような小さなしみだった。

光線の具合で、見えたり、見えなかったりするほどの小さなものである。

県警の鑑識が飛んで来て、調べてくれた。

「これは、血痕ですよ」

と、いう。

「それでは、血液型を調べてください」

と、十津川はいった。

夜になって、その血液型は、Ｂ型とわかった。

十津川の顔に、微笑が浮かんだ。

彼は、亀井と、小田ひろ子の入院している病院に出かけた。

直子が待っていて、待合室で会った。

「やはり、小田ひろ子の犯行だったよ」

と、十津川は妻にいった。

「シャワー・ルームの洗面器に、母親の血痕が、かすかにだが、ついていたんです」

と、亀井がいった。

「それが、なぜ、ひろ子さんの犯行の証拠に？」

と、直子がきく。

「洗面器に、血痕があったということは、誰かが、身体についた血を洗ったことを意味しているんだよ」

と、十津川はいった。

「それは、わかりますけど」

「母親の敬子が、洗ったとは考えられない。娘のひろ子の自殺を止めようとして、必死だったはずだからね。とすれば、血を洗ったのは、ひろ子ということになる」

「でも、血まみれで、二人は、倒れていたんだから、血を洗う必要なんか、なかったはずよ。彼女の身体に、母親の血がついていても、不思議はないんだから」

「その通りさ。ただ一つだけ、彼女が洗う必要があったケースが考えられるんだよ」

「どんなケース？」

「ひろ子が、最初に、ナイフで母親の腹を刺した。そのとき、噴出する血が、ひろ子の眼に入ってしまったというケースだよ。彼女は、慌てて、シャワー・ルームに行き、洗面器で顔を洗った。そのとき、もちろん、きれいに洗面器を拭《ふ》いたろうが、血痕が一滴だけ付着してしまっていたんだ。そのあと、ひろ子は、ベッド・ルームに戻り、母親が死んだのを確かめてから、自分の手首を切ったのさ。それ以外に説明のしようがないんだ」

と、十津川はいった。

初刊本解説　旅情溢《あふ》れる寝台特急で事件が

山前　譲

　交通機関のひとつである鉄道が、ただ移動するためだけの手段でないことは、誰しも実感しているのではないだろうか。そして、旅情こそが鉄道の魅力であると断言しても、反対意見はあまりないだろう。なかでも夜行列車は旅心をそそっている。

　暮れなずむ夕暮れのなか、ひとつ、またひとつと灯《とも》っていく明かりを見ながら旅立ち、朝ぼらけのぼんやりとして街並みが旅の終わりを告げる……。西村京太郎氏は多くの作品でそうした夜行列車の旅情を描いてきたが、一九七八年に刊行された『寝台特急《ブルートレイン》殺人事件』が氏の創作活動の大きなターニングポイントだっただけに、とりわけ寝台特急に注目した作品が多い。

　だから、人気キャラクターである十津川警部はこれまで、寝台特急にかかわる多くの事件を解決し、自らも乗車してきた。本書『寝台特急に殺意をのせて』にはそのなかから五つの事件が収録されている。

巻頭の「ゆうづる5号殺人事件」(「小説現代」一九八一・八　光文社文庫『蜜月列車《ハネムーントレイン》殺人事件』収録)のタイトルにある「ゆうづる」は、かつて上野―青森間を走っていた寝台特急だが、この物語は東京駅に始まっている。

岡山発の「ひかり」のグリーン車の洗面台に、大金の入った財布や名刺入れ、そして高価な時計が、置いたままになっていた。翌日、それらを忘れたと思われる会社員の他殺体が、渋谷区の工事現場で発見される。なぜ殺されたのか？　十津川警部らの捜査はまず、動機探しからスタートした。しかし捜査は迷走する。そこに新たな展開をもたらしたのは、東北で発見された死体だった。そして、北へと向かう寝台特急が謎解きの最後の鍵を握る。

常磐線《じょうばんせん》経由の「ゆうづる」が登場したのは一九六五年で、最初は一往復だったが、ピーク時には七往復も走っていた。しかし、一九八二年の東北新幹線開業とともにその本数は減っていき、一九九三年に定期運行を終了してしまう。本作にはその「ゆうづる」ならではの運行システムがトリックに生かされている。十津川シリーズでは、日本推理作家協会賞を受賞した『終着駅《ターミナル》殺人事件』や『寝台特急「ゆうづる」の女』など、「ゆうづる」は何度も舞台となっていた。

やはり北へと向かう寝台特急が事件の鍵を握る「謎《なぞ》と絶望の東北本線」(「オール讀

物」一九九二・四　文春文庫・新潮文庫『謎と殺意の田沢湖線』収録）は、奇妙な手紙が発端だ。警視総監宛てのその手紙は、二十七歳の女性を何とか探し出してほしいというものだった。そして三通目の手紙で差出人は、見つけ出せなければ東北本線を爆破すると脅す。本多捜査一課長は十津川警部に相談するが、いくら敏腕警部でも為《な》す術《すべ》がない。その十津川は、若い女性が連続して殺された事件の捜査に当たるのだが……。

東北本線を走るどの寝台特急に事件が収束していくのか。奇妙な手紙と爆破予告がもたらすサスペンスは、寝台特急「出雲」を舞台とした『夜行列車殺人事件《ミッドナイト・トレイン》』などでもメインとなっていた、西村作品ならでは趣向である。

鉄道旅の魅力はさまざまだが、〈食〉を挙げる人は多いはずだ。今、駅弁がブームだが、家で食べるのと鉄道に乗りながら食べるのとでは、やはり味わいが違う。車窓の風景が最高のトッピングとなる。そしてかつては、食堂車が鉄道旅の魅力のひとつとなっていた。

「殺人《ころし》は食堂車で」（「週刊小説」一九八二・七・一六　光文社文庫・講談社文庫『雷鳥九号殺人事件《サスペンス・トレイン》』収録）は、寝台特急「富士」の食堂車で事件が起こっている。人気俳優の田原が食後のコーヒーを飲んでいる時、喉を搔《か》きむしり、床に転がった。

熱海で降ろされ、救急車で病院へと向かうが、その途中、息をひきとる。青酸中毒死だった。コーヒーに混入されていたのだ。だが、自殺するようなそぶりはなかった。とすれば、誰かが青酸カリを投入した――。

食堂車は明治時代から長距離を走る列車に連結され、独特の旅情を醸し出していた。新幹線にもかつては食堂車やビュッフェがあり、ずいぶんと賑《にぎ》わっていたが、利用客の減少や経費の面から廃止されてしまう。ところが今は、より味に拘《こだわ》ったレストラン列車が日本各地を走るようになった。「殺人《ころし》は食堂車で」は、かつての食堂車の様子だけではなく、寝台特急の旅の楽しみも語っている。

この短篇で事件の舞台となっている寝台特急「富士」は、一九六四年に東京・大分間で走りはじめた。翌年には西鹿児島駅（現在の鹿児島中央駅）まで延長され、日本最長運転の定期旅客列車となったこともある。二〇〇九年に廃止されてしまったが、『下り特急《ラブ・トレイン》「富士」殺人事件』ほか、西村作品ではお馴染《なじ》みの寝台特急だ。

その他、『特急さくら殺人事件』や『寝台特急「あさかぜ1号」殺人事件』など、多くの西村作品に九州方面へ向かう寝台特急が活躍したが、それも関門トンネルがあってのことだろう。太平洋戦争の末期に本州と九州の鉄路が海底トンネルで結ばれたからこそ、九州方面へ数多くの寝台特急が展開されていったのである。

最盛期には東京駅から「あさかぜ」、「さくら」、「はやぶさ」、「富士」、「みずほ」など、関西圏からは「あかつき」、「彗星」、「なは」などと、数多くの寝台特急が九州方面を目指していた。

「キチが危ない！」という奇妙な一一〇番から幕を開ける「関門三六〇〇メートル」（「小説現代」一九八六・二　講談社文庫・光文社文庫『特急「おき3号」殺人事件』収録）では、関門トンネルが舞台となっている。どうして十津川警部がそこに着目したのか、そしてどの寝台特急がかかわってくるのか。ミステリーだから詳しくは語れないが、関門トンネルならではの列車運行が「キチ」と結びついていく展開もまた、西村氏の鉄道ミステリーの醍醐味である。

『寝台特急《ブルートレイン》殺人事件』が刊行されたころをピークとして、夜行列車はしだいにその運行本数を減らしていく。だが、一九八八年三月、青函トンネルの開通を機に、上野と札幌を結ぶ「北斗星」が走りはじめたことで、新たな視点から注目を集める。そのキーワードは豪華な鉄道旅だった。グレードアップされた個室寝台と、ゴージャスな食事を提供する食堂車が話題となったのだ。さらに大阪・札幌間の「トワイライトエクスプレス」や上野・札幌間の「カシオペア」が走りはじめ、寝台特急がまた注目を集めるようになった。

十津川警部シリーズにも、『寝台特急「北斗星」殺人事件』、『寝台特急カシオペアを追え』、『消えたトワイライトエクスプレス』など長篇があるが、二〇一六年三月の北海道新幹線の開通で、それらは北海道行きの寝台列車としてはすべて姿を消してしまう。だが、寝台列車による豪華な列車の旅は、JR九州の「ななつ星」に始まるクルーズ・トレインへと引き継がれ、日本の鉄路に新たな旅の魅力が生まれた。

「禁じられた「北斗星《ほくとせい》5号」」（「小説宝石」一九八九・十一　光文社文庫・講談社文庫『十津川警部の怒り』収録）は、十津川警部の妻である直子が「北斗星」に乗車している。十津川警部の捜査とリンクして、サスペンスフルな鉄道旅が展開されていく。

今、日本の鉄路で定期運行している寝台特急は、ずいぶん少なくなってしまった。けれどかつての寝台特急は、西村作品のなかで永遠の命を得ている。その雄姿は本書でも堪能できるに違いない。

（初刊本の解説に加筆・訂正しました）

この作品は2016年3月徳間書店より刊行されました。
なお、本作品はフィクションであり実在の個人・団体などとは一切関係がありません。

徳間文庫

寝《しん》台《だい》特《とっ》急《きゅう》に殺《さつ》意《い》をのせて

2018年10月15日 初刷

著者 西《にし》村《むら》京《きょう》太《た》郎《ろう》

発行者 平野健一

発行所 株式会社徳間書店

東京都品川区上大崎三―一―一
目黒セントラルスクエア 〒141―8202

電話 編集〇三(五四〇三)四三四九
販売〇四八(四五一)五九六〇

振替 〇〇一四〇―〇―四四三九二

印刷
製本 大日本印刷株式会社

ISBN978-4-19-894401-8 (乱丁、落丁本はお取りかえいたします)

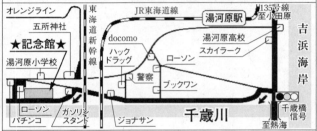